選ばれたのは私以外でした
～白い結婚、上等です！～

登場人物紹介
Characters
ヘルフリート
王宮騎士団長兼クロイツァー公爵。
アストリアに執着している王太子に危険を感じ、
彼女を守るために結婚を申し込む。
アストリア
魔力の高さから選ばれた王太子の婚約者。
白銀の髪を持つが、教会にばれないように
普段は赤茶色に髪の色を変えている。
ほぼすべての属性の魔法が使える
優秀な魔法使い。

ブランシュ
白い髪の聖女であり、教皇の妻。
神話の女神のようだと言われている。
ルーファス
黒髪赤目の教皇。
神話の男神のようだと言われている。
クラウス
王太子の側近の侯爵令息。
アストリアとの結婚を命じられるが、
他に愛する女性がいる。
クリストハルト
王太子で、アストリアの婚約者。
魔物討伐に赴き、
聖女エミリアと関係を持つ。
聖女と出会ってから傲慢で横暴な
態度をとるようになる。
エミリア
元平民だが、白い髪だったので教会に
聖女として保護される。
王太子の子を身籠り、
そのまま結婚するが……？

プロローグ

リーンゴーン。

大聖堂の鐘が鳴る。白亜の建物の荘厳なたたずまいは、その歴史を物語っていた。

「王太子クリストハルト、そなたは病める時も健やかなる時も、この者を愛し、敬い、生涯を共に歩むと誓うか？」

「誓います」

「聖女エミリア、そなたは病める時も健やかなる時も、この者を愛し、敬い、生涯を共に歩むと誓うか？」

「誓います」

花嫁がちらりと花婿を見上げると、それに気付いた花婿は柔らかな笑みを浮かべた。

まるで、愛おしくてたまらないというように。

「誓いの口付けを」

花嫁が衣擦れの音と共に花婿に向き直り、少し膝を折った。花婿がヴェールを上げ、二人は見つめ合う。今の二人にはお互い以外見えていないのだろう。ゆっくりと顔を近付け、目を閉じた二人は誓いの口付けを交わした。

ほんの数秒、いや、数分だったかもしれない。私にはその時間がとてつもなく長かった。

瞳が揺れるのを感じる。けれど、泣かない。絶対に泣いてやらない。しっかりとこの目に裏切り者の姿を焼き付けてやる。

この胸が痛んでも。今までの時間が無に帰され虚しくても。嫌味のように挙式の最前列に座らされても。本来ならば、花嫁の場所が私のものだったとしても。

貴方のために涙は見せてやらない。

長く感じた口付けは、立会人の咳払いで終了した。慌てて離れた二人は照れたように互いの顔を見つめ合い、立会人に向き直る。

私にはあんな顔は見せなかった。どんなに愛しても、どんなに尽くしても、貴方は表情を崩さなかった。けれど、今は王太子としてではなく、愛する女性の夫として心からの笑みを浮かべ、時に照れ、この世の幸せを全て貰ったかのように表情を崩している。

「ここに新たな夫婦が誕生しました。二人の行く末に皆様の祝福を」

立会人の言葉で拍手が鳴り響く。笑顔を取り繕う者、睨む者、恐縮する者、真顔の者……心から祝福している人はどれくらいいるのだろう。

そんな周りを気にせず、花嫁と花婿は微笑む。それは幸せそうに、二人は腕を組んで歩く。

ちらりと花婿が私を見たけれど無視した。花嫁がその視線に気づき、花婿の腕をぎゅっと掴んだからだ。

（心配しなくても、花婿が選んだのは貴女だから。……私ではないから）

私が表情を変えず、穏やかな笑みを保てるのは淑女教育の賜物だ。

さようなら、私が愛した元婚約者様である王太子殿下。


「泣いてなんかやらないんだから！」

雲一つない青空を見上げながら、大聖堂の裏手にある大きな木に寄りかかる。遠くでは幻術を使った白い魔術鳩が新郎新婦を祝福するように飛んでいる。

「裏切り者……。何が『愛しているのはきみだけなんだ』よ。結局選ばれたのは私じゃ、なかった……」

意識してないのに瞳が揺れる。目の奥から溢れそうになる涙を上を向いて堪えた。けれど視界がだんだんぼやけてくる。

「ふ……ぐぅ……うう……」

涙がポロポロと頬を伝って落ち、ドレスにしみを作る。泣くまいと思ったのに、私の意思とは関係なく後から後から溢れてくる。

二人の未来を夢見ていた。――でもそれは、全て幻だった。それならいっそ、私のこの想いも全て幻なら良かったのに。……そしたら消えてなくなるのに。

クリス様が聖女と結婚した事実を目に焼き付けても、諦められない私がいる。

（選ばれたのは私じゃなかった）

ぼろぼろと止めどなく溢れる涙をしばらくそのままにしていたが、溜息を吐いてハンカチで拭う。

この後は王城で祝賀パーティーがあるのだ。

「行きたくないな……」

何もかも億劫だ。身を起こす事すら嫌になる。

(このままどこかへ消えてしまいたい)

いつまでもここにいる訳にはいかないけれど、幸せそうな二人をこれ以上見たくなかった。

「行きたくないなら、行かなくてもいいんじゃないか」

どうしようか迷っていたら、そんな声がした。

「だ、誰?」

まさか人がいるなんて思わず、辺りを見回す。けれど誰もいない。

気のせいだろうか?

「私も行きたくない一人だ」

再び声がして振り返ると、木の後ろから男性が出てきた。

「あ、貴方、なん、どっ、うそっ」

人がいるとは思わず、私は酷く動揺した。

「あー、えーと、私が先にいたのだが。きみがやってきてわんわん泣き出したんだ。出て行くタイミングを逃してしまった。……すまない」

男性はそう言って頭を下げた。私は目を瞬いて、気まずくて右に左に視線を彷徨《さまよ》わせた。

かなり恥ずかしい。恥ずかしくていたたまれない。

「それは、すみません。誰もいないと、思っていたので……」

「いや、私も誰にも見つからないように気配消しを使っていたから。貴族ってのは面倒だからな……」

頬をポリポリと掻きながら男性は目を逸らした。彼の短い濃紺の髪がサラリと風に揺れる。切れ長の瞳に凛々しい眉、その風貌はどこかで見た事があるような気がした。

「で、戻るのか？」

「……ええ。成婚披露パーティーに出なきゃ……気は進まないですけどね」

「そうか」

目を伏せ、私は木から身体を起こす。

これでも貴族だし、王太子殿下の元婚約者としての矜持もある。

「ならば、おまじないをかけてやろう」

男性は私の前に手をかざすと、「元気になれ」と呟いた。

すると先程まで腫れぼったかった目元がすっきりした。化粧の乱れも直っているようだ。驚いてまじまじとその顔を見上げると、視線に気付いたのか、フッと笑われた。

「なんだ？　私に惚れたのか？」

「いえ、そういう訳では」

「殿下との婚約が白紙になってきみはフリーになったんだよな。私の妻にならないか？」

からかうような軽い求婚に眉根を寄せ、私はふふっと吹き出した。

「残念ながら次のお相手はもう決まっておりますの」

「……そうか。だがきみは……殿下を……」

「王命ですわ。貴族ならば相手を選べる立場ではありませんでしょう？」

そう、クリス様との婚約が白紙になってすぐに、私は別の男性と婚約を結ぶよう命じられた。愛している訳ではない男性と、数か月後には結婚しないといけない。

「……それは辛い事を聞いてしまった。すまない」

「お気になさらず。私もいつまでも、泣いてはいられませんから……」

必死に矜持を掻き集めて微笑む。男性は一瞬肩を揺らし、唇を引き結んだ。

「ならばお相手に誤解されないように私は離れよう。縁があればまたどこかで」

そう言って、男性は行ってしまった。

この出会いが、後程私の人生に大きく影響する事を今の私は知る由もなかった。

重い足を引きずり、伯爵家の馬車に乗る。御者は行き先を心得ていたようで、黙って王城に向かった。式に参列していた貴族たちはもう移動を終えていて、辺りには誰もいなかった。

私は馬車の窓から流れ行く景色を見ながら、過去を思い出していた。

第一章　婚約者の裏切りと無慈悲な王命

先程の花婿は、我がエーデルシュタイン王国の王太子クリストハルト・シュナーベル殿下。

彼は私――アストリア・ベーレント伯爵令嬢の婚約者だった。

私の魔力が高く、公爵家、侯爵家に王太子殿下と同じ年頃の令嬢がいなかったため、十歳で婚約が結ばれ、互いに尊重し合い、共に歩むと信じていた。

「きみが僕の婚約者？　初めまして、クリストハルトです。クリスって呼んで」

初めて会った時、陽の光を反射してきらきら光る金の髪と、青空を映したような碧眼の彼に釘付けになった私は、挨拶も忘れて見惚れてしまった。

「は、初めまして、アストリアと申します。よろしくお願いします」

隣にいたお母様に突かれてようやく我にかえり、この日のために頑張って習得したカーテシーで挨拶をした。

「かしこまらなくていいよ。僕たちは将来結婚するんだから」

そう言って穏やかに微笑んだクリス様に、私は恋に落ちたのだ。

それから婚約者としての交流が始まった。私はクリス様と結婚できるのが嬉しくて、王太子妃教育は勿論、魔法の鍛錬も欠かさなかった。

貴族は皆等しく魔法学園で学ぶけれど、クリス様と私の成績は不動のツートップだった。クリス様の援護をしながら互いに切磋琢磨していた。

けれど、お会いする度クリス様との仲が深まっていたように感じていたのは私だけだったのかもしれない。

思い返すと、先程式で見たような愛しくてたまらないというような笑顔も、唇を離すのが名残惜しいような口付けも一切なかった。婚約者としての義務は果たしていたのだろうけれど、それだけだった。


そんな私たちに変化が訪れたのは四か月前。

辺境で魔物が大量発生し、王都に救援要請が来たのだ。普段ならクリス様は命の危険を伴う討伐には参加しないのだが、今回は自ら赴く事を決めた。

その時には既に魔法学園を卒業していて、三か月後には結婚式を挙げる予定だった。

「アス、僕は辺境の魔物退治に行こうと思う」

「そんな……、危険です、クリス様が行くなんて」

「最近の王家の評判は良くない。この辺りでしっかり威光を示しておきたいんだ」

「クリス様……」

この国――エーデルシュタインは、王族、貴族派、そして教皇派の三つが対立している魔法大国である。最近教皇派が力を付けてきているのは、平民出身の聖女様が見つかったためだ。

魔法は、髪の色で使える属性を見分けられる。火ならば赤、水ならば青、風ならば緑、土ならば茶色といったように。

クリス様は金色なので光。私は赤みがかった茶色なので、火と土属性。基本はこの五色だけれど、稀に黒や白の髪色を持つ者が現れる。

黒は闇属性、もしくは魔力持たず。魔法大国であるこの国では嫌われる色である。

白は無属性だ。結界や防御、回復系の魔法が主になる。また、稀にいる白銀の髪の持ち主は闇以外の全属性の魔法を操る事ができる。

白い髪の男性はある程度いるのに対して女性は数が少なく、生まれた時から『聖女様』として教皇派に手厚く保護される。

――というのは表向き、実際は権威を高めるための道具として使い潰されるのだ。

そんな聖女様が、魔物討伐に派遣されるらしい。結界と防御、回復などの支援を期待されているのだろう。聖女様が出るとなると民衆の目は聖女様――つまりは教皇派に向かう。

クリス様は教皇派がより勢いづくのを避けるため、そして次代で安定した統治ができるよう、自ら指揮を執る事にしたのだ。

私は留守番を申しつけられた。

「アスに危険が迫るのは嫌なんだ。絶対に来ちゃだめだよ。すぐに戻るから待っていて」

クリス様はそう言ったけれど、何だか嫌な予感がした私は両親を説得し、サポートするために後を追う事にした。

「勘が鋭いお前が言うなら殿下に危機が迫るという事だろう。気を付けて行きなさい」

両親は私の熱意に折れて送り出してくれた。

ただ、赤茶色の私の髪ではクリス様にバレてしまうだろう。だから本来の髪色に戻し、男装して行く事にした。

私の髪色――そう、白銀の髪。産まれた時は赤茶色だったけれど、五歳頃に白銀に変わったのだ。そのままだと教皇派に奪われると危惧した両親は、私に姿変えの魔法を習得させた。

常時発動させないといけない姿変えの魔法は、安定するまで時間がかかる。馴染むまでは家に軟禁状態だった。

その間私は病気で領地にいた事にして、再び外に出るまで数年かかった。クリス様との婚約がなったのはその後の十歳の時だから、彼は私の本当の髪色を知らない。

討伐でも、伯爵家の護衛と共に男性にまぎれ、『アリスト』と名乗れば気付かれないだろう。


辺境に到着すると、皆苦戦を強いられていた。状況を確認するため、騎士や魔法使いたちを治療しながら話を聞いていく。

「回復魔法『ハイルング』」

「ありがとう、助かった」

「どういたしまして。ねえ、今の状況どんな感じ？」

「ああ、最悪だな。兵士は半数以上が怪我してるよ。殿下や騎士隊長やらは、突然現れた巨大な龍と戦っていらっしゃる」

兵士に回復魔法をかける手が震える。

クリス様は無事なのだろうか。死人が出たら嫌だ、と必死に回復魔法を唱え続けた。

「危ない！」

そこへ魔物の一撃が飛んできた。直撃したら即死もありえそうな威力に思わずゾッとした。

「回復した者は陣形を展開しろ！」

「援護する！」

兵士・騎士たちに、攻撃、素早さ、魔力、防御アップの魔法をまとめてかける。

「うおっ、みなぎってきた！」

(うん、白銀の時は魔法が何でもかけられるから便利)

私は魔力切れも気にせずに次々と魔法をかけていく。皆いつもより調子がいいと、軽やかに魔物を倒していった。

「怪我した人はいない？」

「こっちです！」

声のした方へ行くと、そこは凄惨な光景が広がっていた。多くの兵士たちが血を流して倒れている。

「何が……起きたの……？」

「呪龍《じゅりゅう》だよ。災害級の魔物だ」

「呪龍!?」

聞けば災害級の魔物『呪龍』が出てきて、クリス様が自ら応戦したらしい。

なぜ、と思ったけれど、相手は闇属性。光属性のクリス様の攻撃が効果的だからだった。

けれど、それは相手にとっても同じという意味でもある。光は闇に強く、闇もまた、光に強い。

クリス様と呪龍は相討ち寸前だったらしく、瀕死の重傷を負ってしまったのだ。

「クリス様……！」

クリス様のテントに行きたかったけれど、今の私は男装しているただの傭兵。

部隊で信用を得られていない新参者の私はたとえ治療ができても、高貴な身分の、しかも瀕死の重傷を負った王太子の所へ行く事はできなかった。

それに私の周りにも沢山の負傷者がいて、彼らを放ってもおけなかった。

「っ！　とにかく治療をします！」

怪我をした兵士や騎士たちに回復魔法をかけながら励ましていく。けれど途中で魔力が尽きかけてしまったため、攻撃アップを自分にかけて筋力を上げ、治療テントまで担いでいく事にした。

「呪龍の最期の一撃をくらっちまった。俺はもうおしまいだ……」

うなされている人の手を握り、魔力を振り絞り回復魔法をかける。彼の言葉が引っかかったけれど、負傷者が次々と運ばれてきたためその場を離れて次の人の所へ行った。

そうこうしているうちに、聖女様がクリス様を癒やしているらしいと耳に入ってきた。

(重傷を回復する程の魔法も……使えるの……)

それは安心する情報のはずなのに、なぜか不安に駆られて、私は必死に回復を祈った。

聖女様には及ばないかもしれないけれど、私もできる事をしようと、怪我人を運んだり治療したりした。

本当ならばクリス様に回復魔法を使いたい。

――その気持ちを押し殺し、目の前の怪我人に集中する。

やがて重傷者は一人残らず治療され、戦線には活気が戻った。

クリス様の容態も安定したと聞き、私は一目見ようと密かに彼のテントに近寄った。

会いたくて、我慢できなかった。けれど。

「きみが僕を助けてくれたんだね。ありがとう」

「そんな……、私は当然の事をしたまでで、何も……」

ドクン……と、私の心臓が嫌な音を立てた。

大丈夫、大丈夫。ただ、助けてくれた聖女様にお礼を言ってるだけ。大丈夫。

そう思いながら震える足を引きずり、どうにかその場を立ち去った。

その日からクリス様は聖女様を側に置くようになった。

(私は……ここにいるのに……)

戦いの間も二人は寄り添うように仲睦まじく過ごし、その瞳にはだんだん熱が込もっていく。

(私には……向けられなかったもの……)

けれど、私は何も言わなかった。言えなかった。

今の私は伯爵令嬢アストリアではない。一介の魔法使いアリストだ。

それに聖女様はただ、クリス様を助けただけ。クリス様は、恩人に対して親しくしているだけ。

ここでみっともなく叫んでも疎まれるのは私の方だ。

だから、二人の仲が急速に深まるのを、私には止められなかった。

そうして目を逸らし続け、魔物討伐が一段落してそろそろ帰還しようとなったある日、湖のほとりで二人が抱き合うのを見てしまった。

「どうしても、この気持ちが止められなくて……。ごめんなさい。貴方には婚約者がいて、私は平民なのに……」

「エミリア……。僕も同じ気持ちだ」

「殿下……」

「クリス、と呼んでくれ」

「クリス……あっ」

そして二人の唇は重なった。

ぎこちなく啄《ついば》むように角度を変えて何度も繰り返し、やがてその交わりは深くなっていく。

どうして……？　どうして、それは……、クリスって呼べるのは、私だけの特権だったのに。

『きみが僕の婚約者？　初めまして、クリストハルトです。クリスって呼んで』

そう、言っていたのに。

私は絶望の中、ただ呆然と二人を見ていた。

ゆっくりと唇が離れ、クリス様が聖女様の耳元で何かを囁く。聖女様は一瞬目を見開いた後、頬を染めて小さく頷いた。

それを見て、私は駆け出した。目に入る魔物を全て吹き飛ばす勢いで魔法を放った。視界がボヤけていくけれど、そんなの気にする余裕はなかった。

(何て言ったの？　何て言われて頷いたの？　どうして？　どうして？　なぜ……)

辺りが炎に覆われる。風が舞い、大地が揺れる。

誰かが何かを叫んでいたけれど、気にする余裕はなかった。今はただ、この苦しみを私の中から追い出したかった。

やがて魔力が尽き、私はその場に倒れた。大きな影が私を覆った気がしたが、もう動けない。

(ああ、これで死ねるのかな……)

そう朧気《おぼろげ》に思ったのを最後に、ふっと意識を手放した。


気が付くと、私は自分のテントの寝台に寝かされていた。

(私……生きてる……)

最後に見た大きな影は魔物ではなかったようだ。

それに安堵していいのか、残念なのか。それすら今の私には判断がつかなかった。

「目が覚めたんですね。大丈夫ですか？」

ちょうど水差しを交換に来たのか、伯爵家の護衛が声をかけてきた。

「私は……」

「魔力切れで倒れたようです。騎士の方がここまで運んでこられました」

なるほど、あの影は騎士様だったのか。

どなたかはわからないけれど、後でお礼を言わなくては。

ぼんやりと考え、――脳裏にあの二人の姿が浮かび上がる。

途端に魔力が溢れそうになって、空気が震えた。護衛がびくりと肩を揺らす。

「あ……ごめんなさい」

「いえ……。そう言えば、〝白銀の君〟が殿下に呼ばれております。破竹の勢いで魔物を倒していると報告を受けたらしく、興味を持ったようです。どうされますか？」

白銀の君というのはいつの間にかついた私の通り名だ。少し目立ちすぎたらしい。

だが、今はそれよりも、殿下という言葉にどきりとした。昼間の光景を思い出して胸がざわざわとする。

「わかりました……。行きます」

気遣うような表情の護衛に、曖昧に笑ってみせる。

クリス様に会って、どうしたらいいのだろう。その隣に聖女様がいたら……？

クリス様の腕に絡みつく聖女様を想像して、頭を横に振った。

(……嫌だな、見たくないな)

認めたくなかった。クリス様が愛称を呼ばせる意味も、熱のこもった瞳も、抱き締める力強い腕も。

私にはしてくれなかった事全てを聖女様にしている事に、深い喪失感と失望を覚えた。

ぽたりと落ちた雫が枕に吸い込まれ、丸いしみとなる。

あのまま目覚めなければよかったのに。

「うっ……ふぅう……」

嫌だ。行きたくない。今のまま、何も知らないまま、変わらないままでいたいのに。

けれど、私は王太子殿下の命に逆らえない。行かなかったら伝言を頼まれた護衛が罰を受けるかもしれないからだ。

重い身体を起こし、身なりを整えてからクリス様のテントへ向かった。

入口にいた護衛の方にクリス様に呼ばれた事を伝えるとなぜか驚いた顔をされた。

――その理由を知るのは、すぐだった。

「愛している」

「クリス……嬉しい」

そんな声が聞こえ、私の心臓は凍り付いた。ふらふらとテントの中に誘われるように入る。護衛の方に止められたけれど、無意識にその手を払いのけた。

見たくない、聞きたくない、何かの間違いだ、と心の底では叫んでいるのに、私の足は操られているように止まらない。

そして、最奥にある寝室の前まで来て、揺れる二つの影に気付いた。

嫌な予感がして、そっと中を窺うと――愛を囁きながら裸で睦み合うクリス様と聖女様がいたのだ。忙しない息遣い、耳障りな甲高い声が響き、私は慌てて目を逸らした。

全身が冷えていくのを感じる。心臓が痛み、まるで鷲掴みにされたかのようだ。

（ああ、そうか。昼間のあれはこれを言っていたのか）

頭の中では冷静に考える自分がいて、何だか滑稽だ。

けれど、悲しみ、苦しみ、憤り……様々な感情が私の中で渦巻き、昂る魔力を制御するので必死になる。

その場に縫い付けられたように動けなかった私を、誰かが引っ張った。

「こちらへ」

先程テントの前にいた護衛だろうか。その人に背中を押され、ようやくその場を離れられた。

テントを出た後、お礼も言わずにその人の手を振り払った。一目散に自分のテントに戻り、防音の結界を張ってひとしきり泣いた。

泣いて、喚いて、先程の記憶を上書きしたかった。気持ち悪くて、全てを吐き出したかった。

『アストリア、……アス、愛している。きみと婚約できて僕は幸せ者だ。愛しているのはきみだけなんだ』

かつてそう言いながら私の手に口付けた彼は、熱を込めた碧い瞳で聖女様を見つめ、蕩けるように口付け、愛を囁いていた。

（嘘吐き、嘘吐き、嘘吐き嘘吐き嘘吐き嘘吐き……）

「うぁ……ああああああああ」

この日、私の心は千々《ちぢ》に乱れ、クリス様への愛も信頼も、全てが砕け散った。

結局その後、クリス様の下へは行かずに、姿変えの魔法で髪色をよくある茶色に変えた。

誰もが勝利に酔いしれる中、白銀の君の存在自体をなかった事にして、私は護衛たちと共に王都に帰還した。


「アストリア！　無事だったか……」

「お父様……」

娘が無事に帰還したのに、両親の表情はなぜか浮かなかった。

きっとクリス様と聖女様の事を聞いたのだろう。

「……リア、お帰りなさい。貴女が無事でよかったわ。疲れたでしょう。着替えて湯浴みをして、しばらく休むといいわ」

お母様の優しい声を聞いて、私は家に帰ってきたのだと実感した。

「おかあ……さま、おとうさま……」

その途端、絶望に曇っていた目に、二人の姿が鮮明に映った。

「行かなきゃよかった……。行かなければ、知らないままでいられたのに……」

ぼろぼろと双眸から溢れるものをそのままに、私はその場に頽《くずお》れた。

嫌な予感がするから、とクリス様のもとへ行かなければ、聖女様と仲睦まじく過ごす姿を見ずに済んだのに。

私を愛していると言っていたクリス様は、私ではなく聖女様を選んだのだ。このままひと月後に彼と結婚するなんて無理だと思った。

知らないままと、知ってしまった今と、どちらがましなのだろう。

「リア……、リア……っ」

床に座ったまま泣きじゃくる私をお母様が抱き締める。私はお母様の背中に腕を回した。お父様は立ったまま、拳を強く握り締めていた。

ひとしきり泣いて、私は自室へ戻った。

机の引き出しを開け、クリス様から貰った物を入れている大切な小箱を取り出す。

小箱の中身は亜空間魔法で拡げられていて、沢山の物が並んでいる。

幼い頃に貰った花冠、お菓子の包み紙、壊れた羽根ペン、金の宝石のブレスレット、私の瞳の色の宝石で作らせたイヤリング……

他人から見たら下らないものから高価なものまで、全てが私の宝物だった。

聖女様に心変わりをしたクリス様はおそらく婚約を解消しようと言うだろう。ひと月後の結婚式の相手は聖女様と入れ替えられるのだ。

それならばいっそ、これらは捨ててしまおうか。

乾いた笑いを零していると、侍女が湯浴みの準備ができたと呼びに来た。

湯に浸かると、身体の奥底の冷えた場所まで温まる気がする。

これからどうすれば良いだろう。婚約が解消されて、その後、また誰かと婚約する事になるんだろうか。そして、また、誰かに奪われるのだろうか。

そんな考えが頭を過り、ぞわりとした。

（嫌だ……絶対にいやだ）

こんな思いは一度だけで充分だ。もう二度としたくない。それならばいっそ、愛など要らない。

ただの政略結婚で良い。もう、裏切られるのは嫌だ。

嫌な想像を振り切るように湯船から勢いよく立ち上がった。控えていた侍女がふわりと風と火の魔法で髪を乾かし、私の身なりを整えていく。

「夕食の準備ができましたらお呼びいたします。それまではゆっくりお休みください」

「ありがとう」

侍女が退出した後、私は寝台に身体を預けて目を閉じた。


『アス、きみが愛おしい。愛しているよ』

『アストリア、……アス、愛している。きみと婚約できて私は幸せ者だ。愛しているのはきみだけなんだ』

『アス、お願いだ、信じて……』

夢を見た。幸せだった日々が真っ黒に塗り潰され、目覚めた私は全身に汗を搔いていた。

窓の外を見ると、月明かりが部屋を照らしている。

『アス、おいで。ダンスをしよう』

いつかの夜会で月明かりの中ダンスをした事、魔法学園で競い合った事、国の未来を語った事……クリス様との思い出が浮かんでは消えていく。

「これからは……もう、思い出は増えないのね……」

そう思うと、意識しなくても目から雫が頬を伝った。

夕食の席に着くと、お父様が沈痛な面持ちで口を開いた。

「王宮から緊急呼び出しの鳩が飛んで来たよ。明日、アストリアを連れて王宮に上がるようにとの事だ。……大事な話があるらしい」

「そうですか……。承知しました」

きっとクリス様との婚約が解消されるのだろう。聖女様と結ばれるためにはまず私という障害を排除しなければならない。私さえ承諾すれば、聖女様と王太子の婚約は容易《たやす》く成立する。

――いや、伯爵令嬢の承諾などないに等しい。

教皇派と和平を結べるのなら国王陛下は聖女様を取るだろう。

王太子殿下と聖女様が運命の出会いを果たし、愛を育んで結婚する。民衆が好みそうなラブストーリーの出来上がりだ。二人の間に立ち塞がる邪魔な婚約者はいてはいけない。

クリス様が選んだのは、私以外だった。ただ、それだけだ。

翌日、両親と共に馬車で王宮に向かった。

王族からの緊急呼び出しのため、すぐに門を通され、王宮の一室に通された。

「よく来たな、ベーレント伯爵、並びに夫人と御令嬢よ」

「国王陛下におかれましてはご機嫌麗しゅう存じます」

「よい、楽にせよ。緊急の呼び出しに応じてくれて感謝する」

「勿体なきお言葉、痛み入ります。一臣下でありますれば陛下からの招集に馳せ参ずるのは当然でございますゆえ」

お父様と国王陛下とのやり取りをぼんやりと聞きながら辺りを窺う。

豪奢《ごうしゃ》なソファには国王陛下と、隣に無表情の王妃陛下が腰かけている。その右側にある二人がけのソファには、やはり無表情のクリス様……と、その腕に掴まって震えている聖女様がいる。

陛下の左側にあるソファには無表情のディールス侯爵と、クリス様の側近でもある侯爵令息クラウス様がいた。眉根を寄せ、どこか不機嫌そうだ。

私たちはテーブルを挟み、国王陛下と対面する位置に着席した。陛下の合図で護衛以外の使用人は一斉に下がり、辺りは重苦しい空気に包まれた。陛下が口を開く。

「さて、単刀直入に言おう。王太子クリストハルトとベーレント伯爵令嬢の婚約は白紙にする。クリストハルトの新たな婚約者はそちらにいらっしゃる聖女エミリア様だ」

まさか、と言うより、やはり、という方が勝った。それでも突き付けられた事実に胸が痛む。

「なぜ、と伺っても？」

お父様は膝の上で拳を握り、陛下に問いかけた。

「先の魔物討伐の際、愚息クリストハルトは聖女と情けを交わした。結果、聖女の腹には子が宿っている。ゆえに、ひと月後の結婚式はそのまま聖女と行う」

陛下の言葉に王妃様は顔を顰《しか》め、聖女様は頬を染める。侯爵たちは息を呑んで固まっている。

「ベーレント伯爵令嬢には済まないが、理解してほしい」

ちらりとクリス様に目をやるが、彼は私の方を見ていない。不安そうな聖女様を見つめ、宥めるように手を絡めていた。

私は表情を変えず、陛下を見据えた。

「承りました」

アッサリと了承したのが意外だったのか、国王夫妻も侯爵様たちも――クリス様すら息を呑んだ。

私は顔を俯け、じっと時が過ぎるのを待った。

「……ベーレント伯爵令嬢、すまない。だが、そなたは優秀な魔法使いでもある。そこでだ。ディールス侯爵令息であるクラウスとの婚姻を命じる」

「……え……」

陛下の言葉が信じられなくて、思わず声が出てしまった。何か言わなければ、と思うけれど唇が震えて動かせない。

「おそれながら陛下、それは認められません！」

ガタッと大きな音を立ててクラウス様が立ち上がった。青緑色の髪を振り乱し、唇を噛み締めている。陛下の御前で不敬ではあるけれど、憤る気持ちはよく分かる。

「クラウス、止めないか」

「父上、私には心に決めた女性がいると言っているではありませんか！　彼女との婚姻を認めていただけるように日々努力してきたつもりです。なのにこんな……彼女以外と婚姻せよなど……」

〝受け入れられるはずがない〟

クラウス様は最後、声を掠れさせ項垂《うなだ》れるように言って膝を突いた。

「ベーレント伯爵令嬢を宙に浮かせる訳にはいかんのだ。彼女の魔力の高さは知っておろう。万が一の時、伯爵家では守れぬ。そなたたちは仲がよかっただろう？」

クラウス様は悲愴な顔をして頭を振った。

(仲が良かったのは、結婚するためではないのに)

クラウス様の想い人は知っている。彼女は子爵令嬢で、身分差があるためにディールス侯爵が結婚を認めてくれないとボヤいていたのを思い出す。

『早く彼女と婚約したいです』

その子の話をする時、大切そうに、愛おしそうに微笑んでいた。そんな彼が私を選ぶはずがない。

私だって二人を応援していたのだ。

「殿下も何か言ってください！　貴方が聖女なんかに心変わりをしなければ……！」

「クラウス、すまない。僕はエミリアを愛してしまったのだ。ほら、美しい髪色をしているだろう？　僕にはもう、彼女しか見えないんだ」

「殿下……ッ!!」

クラウス様はクリス様に掴みかかる勢いだったけれど、危険を感じたのか聖女様が防御魔法を展開した。

しばらく二人は睨み合ったが、やがてクリス様が聖女様を窘《たしな》めて防御魔法を解除させた。

「クラウス、私の妻となる女性に乱暴はいけないなぁ……」

「殿下……？」

「先程陛下が言ったよね。エミリアは私の子を宿していると。きみは未来の王子や王女に危害を加えるつもりかい……？」

クリス様は怒っているのか、辺りを威圧するように魔力を高めた。今まで見た事がないその姿を見て、クラウス様は勿論私も面食らってしまった。

(聖女様を守るために変わられたのね……)

いつも優しい笑顔を浮かべた光の王子様。私の大好きな人は、もう、いない。

「ディールス侯爵令息よ、これは王命だ。そなたにはベーレント伯爵令嬢と結婚してもらう」

「御命令、しかと賜りました」

ディールス侯爵様がクラウス様の頭を下げさせ、王命を受けた。

「ベーレント伯爵令嬢もよいな」

「……慎んで、お受けいたします」

これは王命。断れるはずもないのだ。臣下の気持ちなど考えていない無慈悲な命令に、怒りを通り越して呆れてしまった。

「円満に離婚できる方法を探す？」

「ええ、貴方もこの王命に納得していないのでしょう？」

後日、婚約者同士の交流を名目として、私はディールス侯爵邸を訪れた。

「王国の歴史は長いわ。今回のような王命を覆せる法律があるかもしれないから、王立図書館で調べてみようと思うの」

この国では、王族が暴走しないように貴族派と教皇派が常に睨みを利かせている。それでも時折独断で決められてしまう事があるため、それに対抗する法律が他の二派によって制定されるのだ。

例えば不当な増税などは期限が定められたり。

望みは薄いかもしれないけれど、結婚に関しても何かないかと調べてみる事にした。

「分かった。じゃあ婚約者として交流の時間という事にして、それを調べる、でいいか？」

「ええ、いいわ。毎日会うのは無理だろうから、私一人でも調べるわ。ほら、王太子妃教育もなくなっちゃったから暇ができたしね」

おどけてみたけど、上手く笑えているかは分からない。

「無理はするなよ」

「……うん、ありがとう」

それから交流会の時は二人で、クリス様の側近であるクラウス様が仕事の時は私一人で、図書館にある法律関係の本を読み抵抗する術はないか探した。

王国の長い歴史で作られた法律の数は膨大で、本も一冊が分厚い。それらしき本を魔法で探しても、具体案となるとなかなか思うようにいかなかった。

けれど、クラウス様という協力者がいる事は、とても心強かった。

「こうして協力するのも久しぶりだな」

「そうね。以前は確か……」

「位置替えの魔法を編み出した時だな」


私は学園にいた頃から、魔法を作る事が好きだった。魔法は言葉を組み合わせて作る事ができる。組み合わせた言葉に魔力を乗せて発するのだ。

ある日、クリス様を待っている間、私は風属性の魔法を思い付いた。けれど赤茶色の髪の私は、人前では風魔法は使えない。試してみたくてウズウズしていたところへ、ちょうどいいタイミングでクラウス様がやってきたのだ。

「アストリア嬢？　何をしているのですか？」

「クラウス様。新しい魔法を考えてみたのです。自分と遠くにあるものを入れ替える魔法です」

私が作ったのは『ロクス・エンドレ』という呪文。風を使った転移魔法の亜種だった。

「理論上はできるはずなんですが、私は風魔法が使えませんので……」

本当は全属性が使える。けれど人前で公には使えない。

家に帰ってやればいいのだけれど、今すぐ試したい私はクラウス様に期待の眼差しを向けた。

「私がやってみましょうか」

「さすがクラウス様、話が分かる方で素敵」

「はいはい。……試しにあそこにある像と入れ替わりましょう。えっ、と」

「『ロクス・エンドレ』ですわ」

クラウス様はコホンと咳払いをして、飾ってある騎士の像に向かって唱えた。

「『ロクス・エンドレ』」

すると、像とクラウス様の場所がスッと入れ替わった。

「成功ですね！」

もう一度唱えると、元の場所に戻る。像も元の場所に戻った。

「ありがとうございます、クラウス様」

「どういたしまして。何かの時に使えますかね」

二人で魔法の使用場所を考えていると、ふと影が差した。

「クラウス、アスと何をやっているんだ？」

「クリス様。お待ちしておりましたわ」

「お待たせ。じゃあね、クラウス」

クリス様は目を細め、クラウス様を睨む。そのまま私の腰に手を添えて馬車へ向かった。

……うん、嫌な記憶を思い出したわ。ちゃんと集中しよう。

「……あ、アストリア、これはいけるんじゃないか？」

過去の記憶にふけっている間、クラウス様は何かを見つけたようだ。差し出された書物を読むと、確かに、これならいけそうだ。

「しかし、一体クリスも陛下も、何を考えているんだか……」

「さあね。案外何も考えていないのかもよ？　……それより名前」

「っと、すまん。気安かったな」

「幼馴染みでもあるし、一応婚約者なんだし、いいわ。私も呼び捨てにする。フィオナ様にはちゃんと説明しといてね」

フィオナ様というのは、クラウスの想い人だ。クラウスは何か言いたげな顔をして、小さく溜息を吐いた。

◇　◇　◇

「アストリア」

クラウスに名前を呼ばれ、ハッと意識を浮上させる。馬車はいつの間にか王城に着いていた。

「入場の時だけエスコートをする。その後はファーストダンスを。それが終わったらお互い自由にしよう」

「わかったわ」

夫となるクラウスの手を借り馬車を降りる。無表情の彼は、きっと私と踊った後はフィオナ様のもとへ行くのだろう。私と彼の結婚は避けられない。けれどお互い希望は失っていない。

——ふと、大聖堂で会った方を思い出す。

(あの方の手を取って一緒に逃げていれば何か変わったのかしら)

空を見上げても、あいにく曇って星一つ見えなかった。

王城の成婚パーティー会場に入ると、辺りにいた人たちは一斉に私たちの方を向いた。扇の奥で隣り合った人とヒソヒソと話し合う人もいた。

不躾な視線に充てられたのか、クラウスが息を呑んだ。私が無表情でクラウスに添えた手に力を込めると、彼はハッとしたように歩き出した。

「この度はご結婚おめでとうございます」

「やあ、お祝いありがとう」

パーティーの主役である二人に一礼し、お祝いを述べる。元婚約者の王太子殿下は隣にいる聖女様の腰を抱きながら、私たちに笑顔を見せた。

「二人とは幼い頃から学園で共に過ごした仲だからね。来てくれて嬉しいよ」

左手で聖女様の腰を撫でながらクリス様は右手を差し出してきた。

「まさか殿下が聖女様と結ばれるとは思いませんでした」

クラウスは手を強めに握り返す。その瞳には憤怒が宿っているようだった。

「あのっ、すみません、私がクリスを……諦められずに……。そのっ」

クリス様とクラウスの間にピリッとした空気が流れる。聖女様は胸の前で手を組み、赤い瞳を潤ませた。まるで『二人の愛を邪魔しないで』と訴えるかのようだ。

怯えたうさぎを思わせるその仕草に、クリス様はこういうところに惹かれたのだろうか、とぼんやりと思った。

「エミリア、私がいけないんだ。きみを愛してしまったのが罪ならば、私が責任を取るから」

「クリス……」

クリス様は聖女様の髪を一房掬い取り、口付ける。私を横目でチラリと見た碧の瞳は左目だけ細められ、氷のように冷え切っていた。

――茶番だわ。

「クラウス、行きましょう。私たちはお邪魔だわ」

「アストリア……」

これ以上見ていられなくてクラウスを促した。

「もう呼び捨てにし合う程仲が良いんだね」

クリス様は表情を一瞬歪められたが、すぐに笑みを取り繕う。

「王命とはいえ、夫婦となる仲です。これくらいは普通でしょう？　殿下と聖女様のように」

そう言うとクリス様の表情がスッと抜け落ちた。

「そう、そうだね。きみたちは夫婦だ……。普通の事だね……」

どこか呆然としたような態度は気になったけれど、他にも挨拶があるからとその場を辞した。

その後クラウスと一曲だけダンスを踊ると、最初に言っていた通りお互い自由行動にした。

「殿下には気を付けてくれ。以前とは変わってしまったようだ」

「そうね。貴方にもあんな態度なんてね」

「それを言うならきみに対する態度だろう。危険を感じたら殿下を燃やすなりして逃げろよ」

「そんな物騒な事はしないわよ。ああ、もうほら、フィオナ様が待っているんじゃないの？」

クラウスを急かすと、何か言いたそうな顔をして行ってしまった。

一人になった私は、給仕から飲み物を受け取り壁際に立つ。すると、遠くから見知った人が来るのが見えた。

「アストリア！　よかった、ようやく会えたわ。ねぇ、私、腹が立って仕方ないのだけれど！」

「カロリーナお姉様！　……ジゼルも」

ぎゅっ、と私を抱き締めるのは赤毛のカロリーナ様。三つ年上のザイフェルト侯爵夫人だ。姿変えの魔法が定着した後に我が家で開かれた最初のお茶会で出会って以来本当の姉妹のようによくしていただいた。

お姉様の隣に控え目に立っているのはジゼル。私の学園時代からの友人で、今度カロリーナお姉様の弟と結婚する事が決まっている。

「お姉様、ありがとうございます。私は平気ですわ」

「リア……。こんな悔しい事ってないわ。いつかあのバカ殿下は後悔する事になるわよ」

お姉様は忌々しそうにパーティーの主役の二人を見た。

「しかも、恋人のいる側近に王命で嫁がせるなんて、王家は何をお考えなのでしょうか」

ジゼルも同じ方向を見ながら呟く。

確かに以前のクリス様ならばクラウスと私の結婚に反対しただろう。けれど、今はもう聖女様に心を移してしまった。そうなると邪魔なのは私。

クラウスには最愛の女性がいるとはいえ、婚約者ではない。優秀な魔法使いである私を王家で管理しておきたいと言っていたから、彼らにとって好都合だったんだろうな。

「なぁんかあの聖女が来てからおかしいわよ。ウィルも王宮の空気が悪いって言ってたわ」

ウィルとは、カロリーナお姉様の旦那様で魔法師団長を務めてらっしゃるウィルバート様の事。先頃のクリス様と聖女様の馴れ初めの場となる魔物討伐でも活躍なさっていた魔法使いだ。お姉様より六つ年上で、互いにベタぼれの仲良し夫婦である。

そんな侯爵様が王宮の空気が悪いと仰るなんて、あまりいい状態ではないのかもしれない。

「お姉様、気を付けてくださいね」

「……ありがとう、リアは優しいのね」

「ところでリアの婚約者の方は……」

ジゼルが辺りを見回し、「あっ」と口を塞いだ。

その視線の先には薄い水色の髪色をした女性の手を引き、外へ誘うクラウスがいた。

「……リア、王宮破壊しちゃう？」

「お姉様も！　……大丈夫ですわ。彼に最愛の方がいる事は分かっていますし、私たちは円満に離婚する予定ですので」

「ウィルとリアと私とジゼル。ついでに弟も呼ぼうか。……うん、いけるわよ」

「ジゼル、物騒よ」

そう言うと、二人は眉根を寄せた。風に当たりに行くと言う私を、二人は止めなかった。

バルコニーに出ると、冷たい夜風が頬を撫でる。

後ろを振り向くと、灯りに照らされたきらびやかな世界が目に入った。人々は王太子殿下と聖女様の婚姻を心から祝福し、心ゆくまで踊るのだろう。

けれどバルコニーに通じる扉を閉めれば、華やかな世界と隔絶され、夜の闇が広がる静かな空間が出来上がる。私は何をするでもなく、ただバルコニーから見える景色を眺めていた。

喧騒から逃れたのは私だけではなかったみたいだ。バルコニーの下には熱く抱擁を交わす男女の姿があった。男性の髪色は暗くて判別がつかないけれど、女性の髪色は薄い水色のようで暗闇の中で光が反射すると白銀のようにも見えた。フィオナ様と、クラウスだ。

（……クラウスも、白い髪を選ぶのね……）

結婚を約束していた人は白い髪の聖女に奪われた。

（それならば、私の髪が本当は白銀と知ったなら）

赤茶色の髪を手に取る。この姿にならなければ、私は教皇派に有無を言わさずに攫《さら》われ、聖女として祭り上げられる運命となっただろう。

過去の歴史を知る者は皆白い髪の女性に憐憫《れんびん》の情を抱く。そして自身の髪色を見て、色があるのを確認して、安堵するのだ。

お母様のお姉様、つまり私の伯母にあたる方は生まれた時から髪が白かったらしい。生まれたばかりの赤子はどこから情報を得たのか、翌日すぐに教皇派に連れて行かれたそうだ。

その後何度面会を求めても断られ、お祖母様とお祖父様はとても嘆いた。数年後お母様が生まれ、それでも長女を取り返そうとしたけれど、何かと理由を付けて追い返された。

結局、お母様は実の姉と一度も話した事がない。聖女として活動しているのを遠目で見ただけだという。けれど、お祖父様たちに「もし白い髪の女児が生まれたら隠すように」と姿変えの魔法を覚えさせられたらしい。

姿変えの魔法はいくつか種類があって、水と風で幻影を作るもの、光で屈折して姿を偽るもの、土で髪を染めるもの、などだ。私は土で髪を染め、加えて光で屈折させる方法を選んだ。

お母様は娘を奪われないように私を隠した。伯爵家の使用人たちにも口外する事を禁じた。彼らは職務に忠実で、そのおかげで私は誰にも知られる事なく伯爵家で過ごせている。

――一度だけ、危機があった。姿変えの魔法がだいぶ安定してきた頃、王宮主催のお茶会に招待された。私は人に慣れておく訓練も兼ねて行く事にした。

お茶会は和やかに進み、つつがなく終わりそうだった時、とある令息が突然私の腕を掴んだのだ。

その瞬間姿変えの魔法が解け、髪が白銀に戻った。

『やだ……っ、忘れて！』

咄嗟に叫び、手を振り払ってからすぐに姿変えの魔法をかけ直してその場を立ち去った。その後白い髪の女の子が現れたという話は聞かなかったから、『忘れて』という言葉が忘却魔法になったのだろう、とお父様は言っていた。心の底から安堵した。

それから一層姿変えの魔法を安定させる訓練に励み、お母様主催のお茶会から徐々に人前に姿を見せるようになった。そして、十歳の時に王太子殿下にお会いして、婚約が結ばれたのだ。

けれど、結局は重傷から自身を救った白い髪の聖女に傾倒したクリス様との婚約は白紙となった。

もしも、私の本当の姿を知っていたら？　クリス様だけには伝えていたら……？

そう思っても、今更だ。それに……

「もしそれで私を選んだとしたら、髪色でしか判断してないという事だわ」

流石にそれはあり得ないだろう。きっと私が白髪でも、クリス様は聖女様を愛したに違いない。

彼と私の仲は愛し合う関係ではなかったのだと思うと、つきりと胸が痛んだ。

下を見れば未だ抱き締め合う二人がいた。私だって、愛し愛される結婚に夢を見ない訳ではない。

魔力の高さだけで望まぬ結婚をしなければならない事に溜息が漏れた。

「レディ、いつまでもこんなところにいると身体が冷えますよ」

温もりの残る上着が肩にかけられた。振り返ると、大聖堂で会った濃紺の髪の男性がいた。彼はちらりと下を見て、ハッと息を呑んだ。

「あれは……」

「かわいそうでしょう？　くだらない王命で引き裂かれた恋人たちですわ」

そう言って苦笑すると、男性は目を見開いた。

「しかし、彼は貴女の……」

「構いません。お邪魔虫になりたくありませんし、納得済ですので」

幸せそうに笑う二人を見れば、引き裂くなんてとんでもない。

「……それでは貴女の幸せはどうなりますか」

私より悲痛な表情をして、男性は強く拳を握る。

「名も知らぬ方に心配していただく事ではありませんので」

「――っ、すみません、私は」

「名乗らなくて結構ですわ、高貴な御方。ありがとうございます、貴方の言葉だけで少し気分が晴れました」

上着を返し、私はバルコニーからパーティー会場に戻る。

「ベーレント嬢！」

先程の方の叫び声が聞こえるけれど振り返らなかった。クラウスには申し訳ないけれど、今日はもう帰らせてもらおう。風魔法の一種である転移魔法『ヴァンデルン』と唱える。

「――！」

誰かが私を呼んでいた気がした。

王太子殿下と聖女様の結婚から三か月程過ぎた、ある晴れた日。私とクラウスの結婚式は大聖堂で執り行われた。国王夫妻、王太子夫妻も出席された。

クリス様と聖女様と同じ言葉で、クラウスと私も見せかけだけの愛を誓う。

「誓いの口付けを」

立会人に言われ、覚悟を決めたようにクラウスが私に顔を近付けた。事前に打ち合わせていた通り、私はそっと、唇が重なる手前でずらした。一瞬、唇の端に触れただけのそれは、誰から見ても不自然ではないように魔法でごまかした。何事もなかったように立会人に向き直る。

（一年間、夫婦関係がなければ離婚できる）

私とクラウスが見つけたのは、今はほとんど使われていない古い法律だった。円満に離婚するには、この方法が一番最適だ。たった一年間、友人と共同生活をするだけ。

不安はあるけど相手はクラウスだし、大丈夫だろう。

その後行われた成婚披露パーティーでは国王夫妻から気遣わしげに見られ、愛想笑いで返す。

クリス様からも貼り付けたような笑みで見られて不快だった。聖女様のお腹もだいぶ大きくなり、時折触っていると力強く動きを感じるのだと嬉しそうに話していた。

――何だか違和感を覚えたけれど、「無事の出産を祈念いたします」と言うに留めた。

濃紺の髪の方の姿はなかった。クリス様の結婚式で騎士団の正装を着ていたから、今日は仕事なのだろう。あの方に会うと張り詰めたものが弾けそうになるから会わなくてよかったと安堵した。

披露パーティーの後はクラウスと二人で侯爵邸に戻った。

「今日はお疲れ様。今夜はここで休んでくれ」

そういって案内されたのは、クラウスの私室から離れた部屋だった。中へ入ると窓から月明かりが入り込み幻想的な雰囲気を醸し出している。

「それで、明日からの事なんだが……」

言いにくそうに頬を掻きながら、クラウスは口を開いた。

「侯爵領地の方に行ってほしいんだ」

「え……？」

「その……、殿下がきみを狙っている。私たちが結婚したら、きみを妾にすると言っていた。だから離婚が成立するまで安全な場所にいてほしいんだ」

あまりの事に怒りが芽生えてくる。

（クリス様が私を狙っている？　彼が自分で私以外を選んだのにどうして……）

『なぁんかあの聖女が来てからおかしいわよ。ウィルも王宮の空気が悪いって言っていたわ』

カロリーナお姉様の言葉を思い出す。本当に聖女様のせいなんだろうか。

「分かった。明日にでもすぐ発つわ。その代わり、実家の使用人を連れて行ってもいいかしら？」

「ああ、領地へ先触れを出しておくから好きに過ごして構わない。こっちに動きがあれば連絡する。じゃあ、後で侍女を寄越すからそれまでくつろいでてくれ」

クラウスはそう言うと、退室していった。

窓の外に目を向けると、庭の一画にある小さな花壇が目に入った。園芸が趣味のクラウスの意向で作られたものだろう。大切なものを隠すように白い花に紛れて水色の花が咲いている。

そこまで想われているフィオナ様がちょっとうらやましくなった。

緊張していたのが解けたのか、ぽろぽろと涙が溢れた。ぐいっと袖で目元を拭う。

ふと、クリス様の結婚式の時は大聖堂であの濃紺の髪の方からおまじないをかけてもらったな、と思い出した。

彼は私を気遣ってくれた。それが同情や哀れみだとしても、嬉しかった。

なぜ声をかけてくれたのかは分からない。会った事はないはずだ。でも、もし、またあの方に会える事があるならば、せめてお礼だけはちゃんと言おう。

その後侍女に手伝ってもらい、湯浴みをしてから眠りについた。

疲れていたせいか、その日は夢を見なかった。

第二章　侯爵領へ

馬車の中で伯爵家から連れてきた侍女のアイラと護衛のブラントは硬い表情をしていた。ゴトゴトと馬車が進む音だけが響く。

「〜〜〜〜っ、あー、あー、やっぱり腹が立ちます！」

「落ち着け、アイラ」

とうとうアイラが我慢できないとばかりに頭を抱えた。横に座っていたブラントが窘《たしな》める。

「お嬢様、やはり王城を焼いてから行った方がいいのでは？」

「アイラ、そんな事をすれば罪のない人を巻き込む事になるわよ」

「ですがっ！　私は許せません。お嬢様を何だと思ってるんだあのアホ男はぁあああああ」

きーっ、と吠えるアイラに苦笑しながら、馬車に防音魔法をかけておいてよかったと思った。彼女はきっと怒ってくれるだろうから、出発した時に防音魔法をかけたのだ。

「しかし、王家ってやっぱり白い髪が好きなんですかね……」

ぼそっと聞こえたブラントの呟きに、思わず目を瞬いた。

「えー、聖女様が教会に引き取られるようになった理由とかいう嘘くさいおとぎ話を信じてるの？」

「アイラ」

「だって、教会で聞くおとぎ話と、王家が公式とするおとぎ話じゃ、結末が違うじゃない」

「まあ、確かに」

この国の教会は全ての色が混ざった黒の男神と、色を持たない白の女神を祀っている。

黒の男神は白の女神へ愛の証としてほぼ全ての属性を捧げた。だから白い髪の者の中には稀にほぼ全属性が扱える者が現れる。

だけど、物騒なもの、醜いものは自分に残した。だから黒い髪の者は闇属性、もしくは魔力持たずなのだ。それが、この世界の理。

アイラの言うおとぎ話とは、男神と女神を題材にした、いつかの国王と王妃のお話だ。王様の髪は黒、お妃様は赤、聖女様は言わずもがな白だ。

このお話は王国公式の物と教会の説法の題材の二通りの結末がある。

話の大筋は一緒だ。幼い頃から仲が良かった王と妃は、結婚して子も生まれ、幸せに暮らしていたけれど、ある日白い髪の少女が保護された事で二人の仲に亀裂が入るのだ。

悪い男たちに囲まれていたところを国の騎士たちに助けられた、真っ白な髪の少女。彼女を見た王は一目で気に入り、王宮に住まわせる事にした。王は妃に対して次第によそよそしくなり、「王様、一人は寂しいのです」と告げられた夜、少女と一線を越えてしまった。

それ以来少女にどっぷりとはまってしまった王は政務を放棄するようになり、怒った妃は白い髪の少女を追い出した。しかし、王は今度は妃の手の届かない所——教会に匿《かくま》った。

教会が白い髪の女性を聖女として保護するのは、これが理由だ。悪いものから守るために囲うのだという。この話を盾にして、白い髪の女性を有無を言わさず連れ去っているのだ。

その後王は白い髪の少女と教会で幸せに暮らした。妃は嫉妬に狂い、ついには王太子が結婚相手として連れてきた白い髪の少女に、夫の愛を奪った女と同じ髪色だというだけで毒を盛った。

そして母の凶行に怒った王太子に斬られて死んでしまうというのが教会が伝える結末で、誰が一番悪いかという問いかけがなされるのだ。

けれど王国の公式の話では結末が違う。なんと王様の真実の愛でお妃様が生き返るのだ。

お妃様を本当に愛していた王様は、彼女が亡くなった後、悲しんで口付けをする。すると奇跡が起きてお妃様は目を覚ます。ちなみに発行は王国側が先。

今の教皇様は裏社会と繋がりがあるという噂もあるが、黒髪赤目で、黒の男神を思わせる風貌は教会の信仰の要となっている。教皇様の妻が白の女神を思わせる私の伯母にあたる聖女様。そこへ更に平民の聖女様が保護されたので、教会の評判は高まるばかり。

対して王家は緑の髪の王と藍の髪の王妃。子どもこそ金髪の光属性の王子だけれど、教会より人気は薄かった。王家としても必死だったから、クリス様が魔物討伐に向かうのを渋々承諾した。

聖女様のいる教会にこれ以上関心を奪われないために。

「もしお嬢様の本当の髪色を見たら、また変わるんですかね……」

アイラの呟きを聞き、フッと鼻で笑う。

「……もしそれで殿下が私に振り向いたとしても、嬉しくないわね」

もし私の髪色が白銀だからと心変わりをするようならば、攻撃アップ魔法をかけて殴ってやる。

これ以上クリス様に、王家に振り回されたくない。

「離婚するまで、ここで一年間過ごすのかぁ。その間お嬢様は何をなさるんですか？」

アイラの質問に私は彼女に向き直りニコリと笑う。

「そうね、クラウスは好きにしていいって言っていたから冒険者を目指すわ。ディールス侯爵領には冒険者ギルドがあるの。辺境にも近いから魔物の討伐が盛んよ。だからこの機会に冒険者ギルドに登録してお金を稼ごうと思うわ。一年間、みっちりと」

クラウスは学園で、領地の冒険者ギルドの話をよくしていた。姿変えの魔法が定着するまで閉じこもり、ファンタジーの本をよく読んでいた私は彼の話を前のめりで聞いていたのだ。

だから侯爵領に行ってほしいと言われた時、反対する理由なんてなかった。私には魔法の心得があるから、ブラントと一緒に行けば沢山稼げそう。これは離婚後の資金にするつもりだ。

「じゃあお嬢様と俺がそこに登録してひと稼ぎですかね」

「ええ。魔物は良い取引素材になるそうだわ。良質の素材を卸せば資金が沢山貯まるのでは、と期待しているの」

「ちょっとお待ちくださいお嬢様。では侯爵邸を留守にするんですか？」

アイラが少し驚いたような顔をして尋ねてきた。

「大丈夫よ。……『ファムドル』」

魔法を唱えると、指先から人形が現れ、それは私そっくりに姿を変えた。

アイラはびっくりして隣に座るブラントに抱き着いた。ブラントの顔は赤い。

「お、おじょ、お嬢様これ、これはっ」

「通称お飾り妻の魔法よ。これを侯爵領邸の私の部屋に置いておいたら、その日の出来事が私に伝わるようになってるわ」

アイラは未だブラントにしがみついたままごくりと喉を鳴らした。

「アイラは屋敷でこの魔法人形に仕えているように振る舞ってね」

「えぇ……えっ？　えええええ!?」

忙しなく変わるアイラの表情に思わず苦笑が漏れる。

「ま、まぁ、お嬢様そっくりですすし、何とかなり……ますよね？　多分」

うんうん、とアイラは頷くけれど、右手はブラントの服の裾を摘んだままだ。それに堪えきれなくなったのか、ブラントはとうとう窓の外に目を向けた。

五日間馬車に揺られ、夜は宿に泊まりながらディールス侯爵邸に到着した。

「いらっしゃいませ、奥様」

使用人たちが一列に並び、頭を垂れた。乱れのないその様からはしっかりと指導が行き届いているのが伝わる。

「お出迎えありがとう。頭を上げてね。私は居候の身だから『奥様』ではなく『アストリア』と気軽に呼んでください。短い間ですがお世話になります」

私が淑女の礼をすると、皆がピクッと肩を揺らした。

(まあ、使用人に礼をする貴族令嬢もあまり見ないかな)

壮年の男性が列の中から一歩出て挨拶をし、侍女に申し付けて部屋に案内してくれた。……勿論夫婦が使う部屋ではなく、見晴らしのいい客室だ。

「割と眺めもいいし、過ごしやすそうですね」

魔法で作った亜空間から荷物を取り出し、アイラは軽やかに整理していく。

「一年間の辛抱よ。アイラとブラントには迷惑かけると思うけど、ごめんなさいね」

「お気になさらず！　むしろお供できて光栄です」

満面の笑みでアイラは焦げ茶の髪を揺らした。その隣でブラントは無言で頷いた。

それだけで一年間、乗り越えられそうな気がした。

◇　◇　◇

「雷撃魔法『トニトルス』！」

魔法で出した雷を目の前の魔物に放つと、泡を吹いてドサリという音と共に倒れた。

「空間魔法『ラオムクーペ』」

スパッと空間を切り、出来た切れ目の穴に魔物をひょいっと投げ入れた。この亜空間は無限大に広がっていて様々なものを収納できる。乱雑に収納されてはいるけれど、検索魔法があるからいつでも好きな時に好きな物を取り出せるのだ。

「いやぁ、いつ見ても便利だなぁ、ほぼ全属性使えるって」

呑気な声が聞こえてきて、じとりとその主を睨んだ。

「きみだって土属性の使い手だろう。巨石で押し潰したりできるんじゃないか」

「いやだアリスト、そんなの魔物がかわいそう！」

焦げ茶の髪を揺らし、その男――ノエルは小型の魔獣を一突きにした。

私は突くのと潰すのとどちらが可哀想なのか、と溜息を吐いた。

「でもおかげでいい稼ぎができてます。ホント、アリスト様々ですありがとうございます」

ノエルは片手を胸に当て、仰々しくお辞儀をする。そのまま空いている方の手を後ろに振り、小型の魔獣をまた一突きした。

私がディールス侯爵領邸に来て早三か月が過ぎた。

侯爵領は意外と薄い髪色の人ばかりで赤茶の髪だと逆に目立ったので、元の姿で――と言っても男装して冒険者の『アリスト』として出歩いている。

とはいえ、侯爵令息夫人が屋敷にいないのは何かと外聞が悪いので、お飾り妻の魔法は忘れずに。

アイラは侯爵令息夫人付きの侍女として魔法人形と共にお留守番。

「もう、まんまお嬢様ですよ！」

瞳を輝かせて鼻息も荒く言っていた。

ちなみに、人形は侯爵邸でただ大人しく飾られているだけではない。家令と一緒に簡単な帳簿付けはしている。

……お飾り妻人形、便利だ。

本物の私はブラントと共に冒険者ギルドに登録し、薬草取りや小型の魔物退治などで地道に稼いでいたんだけど、一か月程が経過した辺りでそれは起きた。

災害級の魔物『爆炎龍《ばくえんりゅう》』が襲ってきたのだ。

以前辺境に現れた災害級の魔物――闇属性の『呪龍』と同じだ。呪龍のせいで私の人生はめちゃくちゃになった。災害級の魔物に個人的な恨みがあった私は討伐を引き受けた。

そして、いざ討伐に行くと辺り一面が焼け野原となっていた。

すぐさま結界を張って防御を固めた後、ブラントと共に救助にあたった。

そんな中、最後まで爆炎龍と対峙している男性がいて、そのサポートに行く事になって……

私たちが到着する直前で爆炎龍が最大級の爆発魔法を放って逃げたのだ。当然その男性も巻き込まれて重度の火傷を負い、あわや死ぬところを背負って安全地帯まで運んだのだ。

「火傷治癒『フォティアクラル』」

火傷の治療に特化した魔法をかけると、光が彼を包み込み、皮膚を再生させていく。

「上級回復魔法『コンソラトゥール』」

内臓まで傷付いていては大変だから、ついでに上級回復魔法をかけた。すると先程まで瀕死の重傷だったその人はすっかり元通りになった。勿論服も再生済み。

「あー、ここが天国？　やっべー美男子のお迎えとか何、俺死んだん？」

うっすらと目を開き、ぼーっとしながらその人は呟く。

「意識が戻ったようで何よりです。爆炎龍はとりあえず逃げたようですよ」

「うぉっ!?」

がばっと起き上がった男は自分の手足や顔を触って確かめている。

「えっ、マジ？　俺生きてる？　うっそ、あんたが助けてくれたん？　ありがとう、俺はノエルっていうんだ」

つい先程まで重傷だった男は気安い口調で畳みかけ、頬を紅潮させてにじり寄ると、ついには私を押し倒した。

「は？　え？　ちょ、まっ」

いきなり服を脱がせようとしたので揉み合いになる。

「お嬢様！　貴様お嬢様に何してる！」

そこで、ブラントが間に入って助けてくれた。　ノエルは何度もぱちぱちと目を瞬く。

「はぁ？　お嬢様？　って事は女？　ありえん、まじ？　白髪の女とか聖女やん、え、何で？」

ノエルは自分の頭をガシガシと掻き出す。その間私はブラントを下がらせながら自身に攻撃アップの魔法をかけた。そして……

「ふざけんじゃない！」

バゴッ！　ゴキャッ！

「ふぐぅぉっ！」

渾身の力を込めて殴った。

「なにがお近付きの印に、ですか。気持ち悪い。初対面で命を助けた相手にする態度？」

「ご、ごめん、すみません、お許しを」

ノエルは額を地面に擦り付けて許しを乞うけれど、私の怒りは収まらない。

「もう知らない。助け損だったわ」

ノエルを置いて他の助けを待つ人の所へ行こうとすると、慌てて追いかけてきた。

「お待ちを！　白銀の乙女！」

「女として見ないでください」

「んじゃあ白銀の君！」

「〜〜〜それはもっといや！」

「じゃあ何て呼べばいいんだ！」

「アリスト！」

振り返って男装している時の名前を告げる。するとノエルはにかっと笑った。

「アリスト、いい名前だ。改めて、俺はノエル。ソロの冒険者だ。魔物退治を主にやってる。今回は本当、助かった。ありがとうございます」

ノエルは姿勢を正し、ただの冒険者の割にはきれいな一礼をした。

「どういたしまして。……助かって嬉しかったのかもしれないけど、初対面の人を襲うのはどうかと思うよ」

「だよね。うん。それは本当、ごめんね。でも大丈夫、アリストは二度と襲わないから」

(アリストは……って、どういう事？)

訝しげな顔をすると、ノエルからとんでもない一言が飛び出した。

「俺、女には興味ナイんで！　これっぽっちも！　だから安心してくれ」

爽やかな笑顔でノエルは親指を立てた。告白した訳ではないのに断られた感じがして脱力する。

「じゃあ、気を付けて、さよならっ！　ブラント、行くよ」

人の好みにいろいろ言いたくはないけれど、関わり合いにならない方がいいと判断して一目散に逃げ出した。

しかし次の日、ギルドに戦果を持ち帰るなり、ノエルが土下座で頼み込んできたのだ。

「頼む！　俺とパーティー組んでください！」

初対面から最悪だったし、付き合う義理はなかったけれど、断ってもずっとついてきそう。

「……報酬は半々で」

「マジか！　ありがとう！　報酬了解、助かる！」

ノエルが笑い、強引に私の手を取って握手する。

焦げ茶の髪を揺らし、ノエルは笑う。あまり印象は良くないので、私は顔を引き攣らせた。

私に寄ってくる男性に、まともな人はいないらしい。


そんな訳でノエルと嫌々ながらパーティーを組んでしばらくして、侯爵邸に来訪者があった。

「騎士団長がいらっしゃるの？」

「ええ、何でもこの辺りに災害級の魔物が出たからと言って、協力要請に」

私と面識のある騎士団長は呪龍が出た際の魔物討伐で負傷して、退陣されたはず。今日来るのは新しく任命された方だろう。

「来るのは騎士団長だけ？　他の騎士の方もいらっしゃる？」

「聞いた話では団長さんお一人ですが、部下の方もお供されているかもしれませんね」

「そう。では大人数でも対応できるように準備をよろしくね」

「かしこまりました」

アイラが執事に言付けを伝えに退室すると、私はふっと息を吐いた。

（さすがにお飾り妻人形に対応させるのはだめよね）

わざわざ王都からいらっしゃるのだ。魔法人形だとばれたら侯爵家に迷惑がかかるかもしれない。文字通りお飾りとはいえ一応お世話になっている屋敷、居候として最低限はさせていただきたい。

そして騎士団長たちがお出でになった日、エントランスで迎えた私はその方の姿を見て驚いた。

クリス様の結婚式で話した濃紺の髪の人だったからだ。今日も柔らかな笑みを浮かべている。

「はじめまして、ではありませんが……改めまして。王宮騎士団長のヘルフリート・クロイツァーと申します。よろしくお願いします」

「ええ、よろしくお願いしますわ。私はアストリア。アストリア……、ディールスと申します」

握手をしようと手を差し出すと、騎士団長は私の手を取り口付けた。

「……！」

私は驚いて思わず手を引っ込めた。挨拶だとしても、こういうのには慣れていないのだ。

「すみません」

「いえ、こちらこそ、不躾にすみません」

互いに頬を染め謝り合う。私が未婚なら良いけれど、一応仮初《かりそめ》とはいえ夫がいる身。しかもここは婚家の屋敷だ。気を取り直して淑女の仮面を装着する。

「どうぞ中へお入りください。貴方、皆さんを応接室へ案内して」

「かしこまりました。皆様どうぞこちらへ」

「では、失礼いたします」

執事に案内をお願いして騎士団の皆さんを邸内へ招き入れた。騎士団長の他にも三名付き添いがいたため、多めに準備をお願いして正解だった。

「それで、本日はどのようなご用件でしょうか？」

「災害級の魔物である爆炎龍が現れたと聞きました。私たちが来たのは討伐のためです。侯爵領所属の冒険者たちも討伐に赴いたと聞いています」

騎士団長の言葉に私は頷いた。

「ええ、確かに爆炎龍が現れましたが、逃走しました。もうこの地にはいないのでは？」

「その時逃げた爆炎龍が再び現れるという情報が入ったのです」

その言葉に私は息を呑んだ。災害級の魔物はただでさえ滅多に姿を現さないのに、一度逃げて同じ場所に出没するなんて聞いた事がない。

「ちなみにその情報はどこで？」

「王太子妃殿下から。先見の魔法で知ったようで、それを受けて我々が派遣されたのです」

ぴくりと手が強張った。王太子妃殿下——すなわち、聖女エミリア様だ。先見の魔法は確かに存在する。私には使えないけれど、聖女様は使えるのか。

「なるほど、分かりました。冒険者ギルドに爆炎龍の討伐の協力を求めましょう。当時のリベンジをしたい人が集まるでしょうし」

「そうして貰えると助かります」

前回は途中参加だったけど、今度はちゃんと討伐したい。皆が怪我をしないように。

「……お元気そうで何よりです」

騎士団長は優しい眼差しで私を見てきた。

「おかげさまで。使用人の皆さんもよくしてくれるので、のんびり気ままに過ごしております」

「そうですか。よく……はありませんが、良かったです」

どちらなんだろう、と苦笑してしまう。騎士団長も気まずそうにお茶を口に含んだ。

「そういえば、王太子殿下のお子様もそろそろお生まれになる頃ですか？」

呪龍の時に身篭ったと考えると、九か月は過ぎている。そろそろ生まれたとしても不思議ではない。まあ、二人に対しては未だモヤッとする気持ちはあるけれど、子供に罪はない。

(クラウスはお祝いするのかしら)

私の質問を聞いた騎士団長の表情は心なしか暗かった。

「その事について、お話があります。人払いを」

神妙な顔つきにただならぬ気配を感じ、傍に控えていた侍女のアイラや他の騎士たち、護衛のブラントにも退室するよう促した。そして私も姿勢を正し、話の続きを聞く。

「……ここだけの話、既にふた月程前に生まれています。赤茶の髪の男児です」

「それは……早産だったという事ですか？」

「予定より早くに生まれていますが、あくまでも正常の範囲内の平均的な体重の元気な第一王子ですよ。母子共に健康です」

私はその言葉に思わず眉根を寄せた。

懐妊が分かってからおよそ八か月後が正産期となるはずだが、聖女様の妊娠が分かったのは討伐から帰った後、約七か月前だ。第一王子殿下がふた月前に産まれているなら、クリス様と情けを交した時点で既に妊娠していた可能性がある。

クリス様と聖女様が初めて出会ったのは魔物討伐の時だ。それより前は常に私と一緒にいたのだから、裏切りはないと信じたい。だがそうすると第一王子殿下の父親は――

「まさか」

「他言無用にて」

何て話をするのだ、この方は。こんな事、知っているだけで危険だ。

思わず騎士団長を睨みつけた。

「そこで、王命による貴女の結婚の話になりますが」

その言葉に訝しげな顔をする。聖女様の子の父がクリス様ではないとして、私の結婚に何の関係があるのだろう。騎士団長は一つ咳払いをして言葉を続けた。

「王太子殿下のもとに戻る気はありますか？」

騎士団長があまりにも真剣な眼差しで言うから、私は思わず目を見開いてしまった。

今更何を言い出すのだろう。裏切った人のもとへ戻るなんてありえない。

「ありえませんわ」

「第一王子殿下の血が王太子殿下のものではないとしても、聖女様と子を宿すような行為をしたのは事実でしょう？　そんな裏切り者のもとに戻るなんて……寝言は寝てから仰って」

言っていてだんだんムカムカしてきた。あの時の事を思い出して気持ち悪くもなってきた。早くストレス発散したい。

「そうですか、分かりました。変な事を聞いて申し訳ない」

「騎士団長様が頭を下げるような事ではありません」

「いや、これは個人的に確認しておきたかっただけなので」

……ちょっと待って？

「それと私の結婚について、何が関係ありますの？」

王命の結婚と殿下のもとに戻るという話が結び付かなかった。だが、騎士団長は考え込むように少し口をつぐみ、そしてゆっくりと開いた。

「貴女とディールス侯爵令息の結婚を白紙に戻せるとしたら、どうしますか？」

「私と、クラウスの結婚を、白紙に……？」

結婚して三か月。一年経てば白い結婚の申請をしようと思っていたが、それが短縮されるなら願ったり叶ったりだ。思ってもみない提案だった。

とはいえ、クリス様から避難するために侯爵領に来てから私は快適に過ごしているし、夢だった冒険者活動に勤しんでいる。だから実質結婚している感覚はないのだけれど。

「貴女たちの結婚を命じた時、……国王陛下も王妃陛下も正気ではありませんでした」

「……えっ」

真顔でとんでもない事を言い出す騎士団長に、私は言葉を失った。

「第一王子の早すぎる生まれについて、誰も何も言わない。両陛下はむしろ王子の誕生を喜んでさえいます」

（確かに、クリス様の子ではないかもしれない程の早産なのに、喜んでいるなんて。普通の貴族家でさえ問題なのに、王家でそれはまずいのでは……？）

髪や瞳の色は本人の持つ属性を表すものだから、血縁関係の証明にはならない。

「鑑定魔法は？」

「間違いなく王族の血筋であると」

「でも王太子殿下の子ではない……？」

騎士団長は重々しく頷いた。

「どちらかと言えば陛下のお血筋に近い。それに、どうやら王城を囲うようにして怪しい魔法が張り巡らされているらしく。魔法師団が抵抗してはいますが、あまりもたないかもしれません」

不穏な言葉にどきりとした。離れている間にそんな事になっているとは思っていなかった。

「でも、聖女様が……王太子妃殿下がいらっしゃるではないですか」

聖女様は白い髪の持ち主だから、結界魔法が使える。聖女様に頼んで結界を張って貰えれば。

そう思っていた私の希望は打ち砕かれた。

「王城がおかしくなったのは王太子殿下が魔物討伐から帰還してから、つまり聖女様が来た時からです。殿下に至ってはその前――魔物討伐からですね。これがどういう事か分かりますか？」

「殿下がおかしくなったのは、聖女様のせい……？」

「確かにきっかけは聖女様に対する浮気心だったのでしょう。殿下は貴女のもとに戻るつもりでいたようです。だが呪龍の呪いが理性を壊し、そこにつけ込まれて欲を増幅されてしまった」

私はきつく目を閉じた。思わずドレスをぎゅっと握り締める。

（……今更ほんと、何なんだろう。戻るつもりって何。馬鹿にしてるの？）

「この結婚をなかった事にできるのはありがたいですが、殿下と元通りにはなれません。先程も申し上げた通り、聖女様と関係を持ったのは事実です。復縁はありえません。気持ち悪いですし」

きっぱりと騎士団長に伝えると、彼は黒い瞳でじっと私を見据えた。

「では、こちらの書類をご覧ください」

そう言って取り出したのは一枚の紙。手に取って内容を確認する。

『アストリア・ベーレント
クラウス・ディールス
二人の王命による婚姻を無効とする。但し二人の意思があれば継続も可能とする。

エーデルシュタイン国王
無効／継続』

「私は国王陛下の特使として参りました。貴女のご両親は貴女の希望に沿うと仰っています。どちらか希望する方に丸を付けて、ご署名を。私が責任を持って王都に届けます」

騎士団長は懐から魔法の羽根ペンを取り出した。これはどんなものにも書ける優れものだ。

「ちなみにクラウスにはこの事は？」

「先に彼に会って話をしました。既に無効に署名をしています」

騎士団長の顔がムスっとしているように感じるのは気のせいだろうか。

「では私もサインをしますわ」

魔法の羽ペンを受け取り、迷う事なく無効に丸をし、名前を書く。

「……婚姻が無効となった後の事は考えていますか？」

騎士団長は窺うようにしてこちらを見てくる。

「一度実家に帰ろうと思います。その後はどこかの冒険者ギルドにでも所属しようかな、と。弟がいるので、出戻りも将来のお嫁さんに申し訳ありませんし」

「そうですか。……もし行くあてがないなら頼ってください。こう見えて私は公爵家の当主ですから力になれると思います」

そう言って緩く微笑まれた。

クリス様の結婚式や成婚披露パーティーの時、私を労ってくれたのはこの方の笑みだったな。

「ありがとうございます。貴方には気を遣っていただいてばかりです。殿下の結婚式の時も、パーティー会場でも、こうして慰めてくださいましたね」

「覚えていたんですね」

「ええ。……逃げてしまった事を申し訳なく思っていました。あの時は失礼いたしました」

頭を下げると、「やめてください」と声がかかった。

「私は気にしていません。むしろ何もできず申し訳ない」

「いえ、貴方にしていただくような事は何もありませんので」

頭を上げて否定すると、騎士団長は一瞬少し悲しげな顔をして咳払いをした。

「貴女が今不自由な思いをしていないならよかった。用件は終わりです。そろそろ失礼します」

「えっ、あ、あの」

騎士団長はばっと立ち上がると、胸に手を当て一礼し、すたすたと退室した。

「……何だったの」

腑に落ちずモヤモヤしていると、なぜかまた戻ってきた。

「あー、その、爆炎龍についてはなるべく被害を抑えるが、侯爵領でも対応をお願いします」

「はい、かしこまりました」

「では、失礼します」

再び胸に手を当て一礼し、今度こそ騎士団長は侯爵邸を後にした。


そんな一件があって、モヤモヤした気分を払拭すべく私は魔物退治でストレス発散していた。

「ねー、ブラントくん。アリスト何かあったん？」

「まぁ、そうですね」

後ろでコソコソしている二人を無視して、目についた魔物から葬《ほうむ》っていく。

(殿下は今更何を考えているの？)

「麻痺魔法『レームング』！」

ビビッと麻痺させた魔物をノエルが一突きする。

「悩みがあるなら聞くよ？」

「別に。……ちょっとむしゃくしゃしただけ」

「そ？　ならいいけど――」

ピリリと辺りの空気が張り詰め、ノエルが黙る。この気配は――

目の前のノエルの顔が険しくなっていく。野生の鳥たちが一斉に羽ばたいた。

「わり、アリスト。悩み相談はまた今度な」

「ちょ、待って！　私も行くから！」

だっ、と駆け出したノエルの後を追いかける。その間にノエルに攻撃、魔法、防御、素早さアップの魔法をかけた。

「うぉっ、なんか力がみなぎる！　今なら俺は何でもできそう！」

うおおおー、と雄叫びを上げながらノエルは走り、そして再び大きな炎に焼かれた。

「アホなの？　火傷治癒『フォティアクラル』！　回復魔法『ハイルング』！」

ノエルに回復魔法をかけながら必死に殴りたい衝動を抑える。

なんで一人で突っ込むのか。

「すまん、アリストの援護で俺はやれる、ってめちゃくちゃ滾《たぎ》ってしまった」

「学習しなよ！　慎重にいってよ！」

全て回復して土下座しているノエルに溜息を吐きながら、私は辺りを警戒した。

「しかしまぁ、まさか爆炎龍が再び俺たちの前に現れるなんてなぁ」

上空で炎を吐きながら悠々と空の散歩をしている爆炎龍を見上げてノエルは呟いた。

そもそも災害級の魔物がなぜこんなに頻繁に現れるのか。

「なんかの陰謀を感じる……。俺そういうのめっちゃ好き」

「不謹慎。被害があるのはいつでも非力な民たちだよ。火傷してる暇があるなら爆炎龍を倒さなきゃ。これ以上の被害が出る前に」

「ごめん、陰謀企てた奴の事は絶対許さんから、許して」

ノエルを呆れ顔で見ながら大きく溜息を吐く。爆炎龍を倒したらパーティーを解散しようと固く誓った。けど今は、上空にいるやつをどうにかしないといけない。

——ギャオオオオゥ……

爆炎龍が雄叫びを上げる。赤い巨躯はバッサバッサと羽音を立ててこの場から離れようとしている。このままだとまた逃げられてしまう。

「逃さないよ！『レームング』！」

咄嗟に麻痺魔法を爆炎龍に放つと翼に当たり、再びの雄叫びと共に落下してきた。

「しまった！ えっ、嘘、待って」

目の前に巨体が迫っているのに、足が竦んで動けない。ノエルは先に行ってしまっている。

(転移魔法を唱えなきゃ……！)

そう思って口を開こうとすると、私の身体がふわりと浮いた。

「大丈夫か!?」

「騎士団長様⁉」

私を抱き上げたのは濃紺の髪の騎士団長、ヘルフリート様だった。爆炎龍は数歩先に墜落している。地面がえぐれ、あれの下敷きになっていたら命はなかっただろうとぞっとした。

「白銀の君だったのか！　ここは危険だ。きみは安全地帯へ！」

「嫌です！　私も戦います！」

「こいつは災害級の魔物だぞ。危険すぎる。下がって！」

心底心配するみたいに見つめられる。けどここで引く訳にはいかない。

「私は望んでここにいる。ディールス侯爵領の人たちを守らなきゃいけない。それに私は魔法に長けている。羽根を麻痺させたのは私だ！　だから役に立てる」

「今ぶつかる寸前だっただろう！　無茶をするな」

「でも、また逃したらこの辺りの民たちが犠牲になるかもしれないでしょう！」

私の必死の叫びに、騎士団長がたじろぐ。

「……分かった。では援護を頼む。攻撃は俺たちに任せてくれ」

「了解！　ノエル、ブラント、やるよ！」

そう叫ぶと、騎士団長は目を見開いた。ブラントは眉根を寄せて難しそうな顔をしている。ノエルは爆炎龍に夢中だ。

「きみは……、いや、後でだ。行くぞ！」

騎士団長のかけ声で騎士たちは爆炎龍を取り囲む。私はノエルにかけたように攻撃、魔力、素早さ、防御アップの魔法をかけた。

「『レームング』！」

爆炎龍の両羽根に麻痺魔法をかけ飛び立てないようにした。騎士たちが剣で追い詰める。

（このまま行けば倒せそう！　でも、なぜか嫌な予感が……）

そう思った時、爆炎龍の身体がしなり、長い尻尾で数人の騎士が薙ぎ払われた。

「ぐあっ！」

彼らは周りの木々に打ち付けられて気絶する。その中には騎士団長の姿もあった。

「騎士団長！」

跳躍し、騎士たちの身体を回収した。自分に攻撃力アップの魔法をかけてるから筋力が増し、細腕でも数人は担げる。

「やべー！　アリストまじかっけー！　まじ惚れる！　男ならよかったのに！」

「惚れられたくないからよかった！」

ノエルの茶化しを軽くいなして気を失っている騎士たちに回復魔法をかける。

「白銀の君……、すまない、ありがとう」

「お礼は後で！　あとちょっと！」

「ああ！　お前たち、再度囲め！　取り逃すな！」

意識を取り戻した騎士団長のかけ声で、再び騎士たちは爆炎龍を囲む。

あと一歩で倒せる！　誰もがそう思った時、爆炎龍の身体が光りだした。

「まずい！　来るぞー！」

「反射魔法『リフレクション』！」

咄嗟に反射魔法をかけたけれど間に合わない。最大級の爆炎魔法が放たれようとしている。

「いや、これは……自爆だ！　逃げろ！」

（自爆⁉　だめだ、何か対応策を……！）

そう思いながら、半ば無意識に呪文を唱えた。

「空間魔法『ラオムクーペ』……！」

『クリス様に貰ったものはこの箱に入れているんです』

『でも小さいから全部は入らないんじゃない？』

『大丈夫です、こうやって……『ラオムクーペ』！』

『わっ、なんかいっぱい入りそうだね』

『亜空間を作って箱の中身を広げたんです！　この中ならお花だって枯れないんですよ』

『そうなんだ！　じゃあ沢山贈るよ。楽しみにしてて』

私は爆炎龍を亜空間に閉じ込めた。瞬間、強烈な光が放たれ思わず目を閉じる。

亜空間の中で爆炎龍は自爆した。私が亜空間を消すと、その後には残滓《ざんし》すら残らない。

「……こんな時に思い出すなんて」

結婚する時にクリス様から貰った物を入れた小箱は実家に置いてきた。未練を残したくなかったし、もう必要ないものだと思ったからだ。けれど、捨てられない大事な思い出でもある。

「白銀の君……いや、アリスト」

へたり込んでいた私に騎士団長が手を差し出した。その手を取って立ち上がる。

「助かった。きみのおかげで一人も犠牲者を出さずに爆炎龍を倒せた」

「いえ、皆さんで追い込んだから」

「きみのサポートなしでは倒せなかった。アリスト……ありがとう」

なぜか熱い瞳で見つめられ、手袋越しに手をぎゅっと握られた。

(これは……まさか?)

「き、騎士団長様、ほ、ほら、騎士の方たちがお待ちですよ」

「ああ、今行く。……アリスト、俺と一緒に王都に来ないか?」

「え? いや、その、無理です」

しまった、即答してしまった。じりじりと寄ってくる騎士団長は、その瞳に熱を宿している。

「きみのお付きの二人も一緒にどうだ? こう見えて俺は公爵家当主だから何人でも雇える」

「だから、その、無理です」

私の正体はアストリア・ディールスで、現在は侯爵家のお飾り妻。近々無効になる予定とはいえ、今はまだ既婚の身。いや、騎士団長はアストリアではなくアリストを口説いているのだけど、そうなるとノエルと同じな訳で。

……騎士団長にはそういう気はないと思うけれど、この瞳の熱量はクリス様が聖女様を、クラウスがフィオナ様を見るようだ。いたたまれなくて、私は思わず転移魔法で侯爵邸に逃げた。

「お嬢様!?　お早いお帰りで！」

「ああ、ただいまアイラ。うん、ちょっとね」

「湯浴みなさいますよね。準備してきますね」

「ありがとう」

魔法人形を回収して屋敷は今日もいつも通り、何もなかった事にホッとする。ソファに力なく座ると、顔を覆って溜息を吐いた。

「あー、しまった、ブラント置いてきちゃった……」

いつもは一緒に帰るんだけど、あのままだと騎士団長の熱量に押し負けそうだったのだ。

「大丈夫、よ、ね」

妙な胸騒ぎを覚えた時はだいたい当たるもので。

ヘルフリート・クロイツァー公爵とは、クラウスとの婚姻が無効になってそれほど経たないうちに再会する事になるのだ。

第三章　欲したもの

幼い頃の記憶に空白の時間がある。確かに掴んだはずなのに、気付けば消えていた。

けれど、その日からなかったはずの魔力が芽生え、少しずつ少しずつ杯に水が溜まるように蓄積していった。

黒い髪に黒い瞳。よりにもよって不吉な色を持って産まれたエーデルシュタイン王国の第一王子は、王家の取り決めに従いその日のうちに両陛下には死産と伝えられ、秘密裏に処分されるはずだった。しかし子に憐憫《れんびん》を覚えた乳母の手により、子どものいなかった公爵家に養子に出された。

それが俺――ヘルフリート・クロイツァーだ。

実の親に捨てられたかわいそうな王子――に決してならなかったのは、養父母が愛情をもって育ててくれたおかげだろう。

ここエーデルシュタインでは黒髪と白髪は特別で、白なら良いが黒は忌み嫌われる色だった。

魔力なし、もしくは闇属性。とはいえ魔力なしは一定数いるから気にならない。闇属性じゃないだけましだと思った。物心ついても生活魔法すら使えなかったので、剣を極める事にした。


ある時、王城で年頃の令嬢令息を集めてお茶会が開催された。義理で呼ばれたそれに参加する気になったのは、七つで王太子となった弟の顔を見るためだ。もしかしたら実の親の顔も見られるかもという淡い期待もあった。

俺はそこである赤茶色の髪の少女と出会った。緊張しているようなのに、何て事ない振りをしてずっとドレスを握り締めている姿が気になって声をかけた。

「ねえ、きみ、名前は……」

そう言って腕を掴んだ瞬間、魔法が解けたように彼女の姿が変わった。

「やだ……っ、忘れて！」

そんな声がしたと思った次の瞬間には少女の姿はなく、少女の事も、なぜ自分がここにいるのかさえ忘れてしまっていた。それから何かが欠けているのに埋まらない飢餓感《きがかん》に苛《さいな》まれ、掴みたいのに掴めない、掴んだと思ったら消えてしまう幻を見続けていた。

そんな中、王太子の婚約が発表された。王太子の隣に立つ少女の姿を見て――愕然とした。

(あの時の子……)

少女と並んでいるのは金髪碧眼の屈託なく笑う、光の王子。その後ろには両親がいて、優しく微笑みかけている。

(あれが本当の両親と弟……。どうして俺はあの場にいないんだっけ)

ざわ、と総毛立つ。身体の内側から、何かが溢れる。

「ヘルフリート！」

心配そうな顔をした養父が、俺の手を引いて外に連れ出した。

「貴方、魔力が……！　ああ、なんて……どうして！」

養母が俺を抱き締め泣き叫ぶ。俺は、内なる魔力を実感していた。黒髪黒目、魔力なしではないのなら魔力なしより忌み嫌われる闇属性だった。

「大丈夫、大丈夫よ、大丈夫……」

養母がそう言いながら髪の色に自身の蒼を分け、俺の髪色は濃紺になった。深い愛がなければ、姿変えの魔法でもないのにこんな事はできない。俺は母から『祝福』を受けたのだ。

それから魔法学園で魔法を学んだが、闇属性はそうそういないため、使える魔法がなかった。

弟は光に溢れているのに、自分には何も与えられない。俺は手に入らない何かを欲して荒れた。

常に破壊衝動に襲われ、制御できるようになるまでは手に触れるもの全てを壊してしまった。

それが収まると誘われるままに夜会で女性と遊ぶようになった。割り切ったものだが、自分が黒に染まっていく度あの子が遠くなった気がした。

(本当に欲しいものは与えられない)

闇属性が嫌われる原因は、属性の持つ特性に呑まれやすいからだ。絶望に苛《さいな》まれ、本能が剥き出しになり制御が難しくなる。

内側から溢れる黒に塗り潰され、次第に赤茶の髪の少女の事は忘れていった。

——どうせ手に入らないなら、忘れたかった。

養父母に泣かれても止められなかったのに、ある時突然欲求が収まった。憑き物が落ちたかのように晴れやかになったのだ。属性の特性を克服したのかもしれない。ようやく穏やかな日常が戻り、迷惑をかけた養父母に恩返しをしようと決意した矢先の事だった。

養父母が魔法船の事故で亡くなった。空を航行していた魔法船が突如として爆発したのだ。

積んでいた魔石が過剰だったとか、空の魔物が爆発させたとか様々な憶測が飛び交ったが、原因は不明だった。木っ端微塵に爆発したため、遺体はおろか遺品の一つもなかった。

二人の空の棺を見て在りし日を思い出す。闇属性だと知っても態度を変えなかった二人に反抗していつも心配をかけていた。荒んだ時も根気強く窘《たしな》めてくれたのに。

「父さん……母さん……」

独りになってしまった公爵家はガランとしていて、二人を永遠に失った事を実感した。

それから学園卒業後に騎士団に入団し、鍛錬に時間を費やした。鍛錬の成果が認められて隊長になると、王城内にある騎士団の詰所に出入り自由になるのだ。

隊長位が与えられたら、休日は城内の王立図書館に入り浸り魔法の勉強をするようになった。

そんな時、よく見かけたのが王太子の婚約者であるアストリアだった。久しぶりに見る彼女は眩しくて、清廉《せいれん》で。自分のただれた過去を思うと、もう手の届かない存在だと感じた。

王太子妃教育と並行して魔法の開発をしていた彼女はよくこの図書館に来ているようだった。

本を読みながら小難しい顔をしていたり、かと思えば輝くような笑みを浮かべたり。未来の王妃がそんなに感情を表に出していいのかと心配になったが、王太子の隣に並び嬉しそうに笑う彼女は相変わらずとても可愛くて、手が届くはずもないのに守りたくなった。

再び芽生える気持ちに慌てて蓋をして、全力で弟を、二人を守ってやろうと思っていたのに。

「辺境に魔物退治に行く。聖女が来ているらしいんだ」

殿下の護衛として隊長クラスの騎士も同行する事になった。

教皇派に支持が行き過ぎないよう王家も活躍しなければならないともっともらしく言っていたが、聖女に会いたいという下心が透けて見え、俺は眉根を寄せた。

討伐では予想外に災害級の魔物である呪龍が現れた。危機的状況の中、一人の犠牲者も出なかったのは、突如として現れた『白銀の君』のおかげだ。

怪我をした騎士や魔法使いたちを治療し、励まし、サポートしながら攻撃もする。

俺も呪龍の攻撃から王太子を庇った際に深手を負ったが、白銀の君が担いで救護テントまで連れて行ってくれた。そこで意識を失ったためにお礼も言えなかった。

目覚めると、なぜか聖女が瞳を潤ませてこちらを見ていた。

「あ……よかったです。貴方は重傷で、私が傷を癒やしました」

そう言いながら手を握ってきた聖女に嫌な感覚を覚え、「ありがとう」と礼を述べるに止めた。

以前夜会で遊んだ女性たちと同じ、清楚《せいそ》な振りをした娼婦のような、ねっとりとした視線。

(ああ、王太子はこれにやられたのか)

俺の手を握る聖女を見て、王太子は嫉妬を孕んだ目で俺を睨んだ。その先には白銀の君もいた。

——悲しそうな顔をして。

(なぜそんなに悲しげな顔をするんだ)

それがやけに気になり、白銀の君の姿を目で追うようになった。

彼はいつも王太子と聖女が仲よさげにしているのを気にしているようだった。

(聖女が気になるのか?)

その後聖女を侍らせる王太子を見かねて諌《いさ》めたが、「命の恩人だぞ」とはねつけられた。

「婚約者殿には何と言うのですか」

「アスは今いないだろう？　今は聖女様を歓待しないと。別に浮気とかじゃないさ」

どこをどう見ても距離が近過ぎるのだが、何度諫言《かんげん》して王太子は聖女から離れない。

日を追うごとに白銀の君は憔悴《しょうすい》していく。

(聖女と王太子を引き離さなければ)

だがこれは悪手で、恋人たちは引き裂こうとする度により固く結ばれてしまう。

「ヘル、もう止めておけ」

魔法師団長のウィルバートに止められ、何もできない己に歯がゆさが増した。そして、あの湖で二人が抱き合うのを見た彼は自棄《やけ》になったように魔物を屠《ほふ》り、魔力切れで倒れた。

「無茶をするな」

気を失った彼を横抱きにすると、男にしては軽く感じた。

——芽生えてはいけない感情が芽生えた気がした。


その夜、王太子への報告をまとめてテントに赴くと、入口の護衛たちが右往左往していた。

「どうしたんだ？」

「それが、白銀の君が中に入って、それから入れなくなったんです！」

白銀の君も呼ばれているのか。自分も入ろうとして——弾かれた。

「結界か？　誰が……」

「まずいですよ。今殿下は取り込み中で……」

「取り込み中？」

「聖女様が中に招かれてっ、その」

俺は口ごもる護衛に持っていた資料を押し付けた。手袋を外して入口の空間に触れると、音もなく結界が消え去る。

そのまま中に入った瞬間、ザワッとした感覚に襲われた。誰かの魔力が溢れているようだ。

慌てて奥に進むと、寝室の帳越しに何かが蠢《うごめ》き、それに合わせて男女の声が響いていた。

部屋の前に立ち尽くす白銀の君の姿に気付く。呆然と立ち尽くす姿は弱々しく、絶望的な顔をしていて、今にも倒れそうだった。

「こちらへ」

俺は彼の背中を押してテントの外へ連れ出した。言葉もない姿になぜか胸が痛んだ。

外に出てしばらくしてから、白銀の君は俺の手を振り払い駆け出した。

それが彼を見た最後になった。いや、いるにはいたが髪色を茶色に変え、表情をなくしてしまっていたから声をかけられないままだった。

王太子は聖女を傍らに置き続けた。魔物を倒した高揚なのか、誰もが気付かない異様な雰囲気に気分悪くなった。帰還した後の王太子の婚約者を思い、俺は拳をきつく握り締めた。

◆　◆　◆

魔物討伐で殿下を庇った功績で騎士団長に昇進した。その時能力を申告したため、俺が手に触れたものの魔法を無効化する力が王家に知らされた。

団長就任の挨拶に王太子のもとを訪れた際、彼が半狂乱で手袋を外して俺の手を握ったのは、本人も何かしらの魔法を感じていたからだろう。手を握った時ははっとしたように婚約者へ謝罪をしていたのに、離すと聖女との結婚式に来いと言う。俺は精神干渉魔法を疑った。

しかし、気付いた時にはもう遅かった。虚ろな目をした国王夫妻、異常なほど聖女に傾倒する王太子。その薄気味悪い様に背筋が寒くなった。


その後、騎士団長権限を利用して国王夫妻に謁見を申し出た。

「ベーレント伯爵令嬢とディールス侯爵令息に結婚命令……？　そんなもの出しておらんぞ」

失礼ながら、と二人に触れながらこれまでのあらましを伝えると、王はこう言ったのだ。

「そんな……、クリスに裏切られたアストリアに、他に想い人がいるような男性をあてがうなんて非道な命令するはずがないわ……」

王妃陛下は顔を青ざめて今にも倒れそうにしていた。

「どうも聖女が来てからおかしい。精神干渉魔法でも使っているのかもしれない」

曰く、二人ともに記憶が曖昧な時がよくあるのだとか。

「このままだと教皇派に乗っ取られる」

「ですが、殿下のお子は殿下の子でないとしても王家の血を引いているようです。どのみち教皇派の発言権が大きくなるのでは」

二人は項垂《うなだ》れ、深く溜息を吐いた。王太子殿下とアストリアの婚約を白紙にした時には既に魔法の影響を受け、正気を失っていた。聖女と距離が近付く食事の場などは特に記憶が曖昧らしい。

事態を重く見た両陛下は魔法師団長ザイフェルト侯爵を呼んだ。

「お呼びでしょうか」

ウィルバート・ザイフェルトは妻カロリーナをこよなく愛する男である。妻の敵は己の敵、妻の友人は己の守るべき者。そんな彼は妻の友人――アストリアを蔑《ないがし》ろにした王家にいい印象を既に持っていないのだろう。今も不機嫌な表情を隠しもしない。

「急に呼び出してすまない。王城全体の魔法を無効化してほしいのだが、可能だろうか」

陛下からの言葉にウィルバートは眉根を寄せる。

「できる、できないで申せばできますが」

「すまない、すぐに頼む」

ウィルバートはゆっくりと両陛下を見据え、それから俺に目を向けた。

「クロイツァー公爵、力をお借りします」

言うなり俺の手袋を取り、何かの魔法を唱える。俺の手から光が溢れ、辺り一面に拡がった。

「一時的にクロイツァー公爵の力を広げ、魔法を無効化しました。ですが長くは持ちません。白銀の君くらい魔力があれば王城に結界を張るくらい容易《たやす》いでしょうが……」

白銀の君の話が出て心臓が跳ねた。気を取り直してウィルバートに問いかける。

「ザイフェルト侯爵、王城には何の魔法がかけられているんだ？」

ウィルバートは口元に手を当て、少し考えてから口を開く。

「可能性としては魅了、あるいは洗脳。この規模を考えると、聖女はとても力がお強いらしい。一介の魔法師如きの結界では敵わないくらいに」

その言葉に皆が息を呑んだ。魅了魔法は好意を『増幅』させるもの。好意が一あれば百にする。洗脳魔法は好意を『芽生えさせる』もの。好意がゼロでも百にする。

「おそらく魅了魔法ですね。魅了されていない者は術者に好意がないか、別に心に強く想う相手がいるのでしょう」

心に強く想う相手――その言葉に白銀の君を思い浮かべ、慌てて頭を振った。俺が気になるのは彼女だけのはずだ。

「して、ザイフェルト侯爵よ。白銀の君とは……」

「殿下が不貞をした魔物討伐の時、突然現れ、人を選ばずサポートしていたお方です。聖女は見目のいい若い男を優先していましたがね」

ウィルバートは鼻で笑った。彼もまた、聖女の裏の顔に気付いていたのか。

「それでは私はこれで失礼いたします」

「こ、侯爵、どこへ？」

王が震える声で訊ねるが、ウィルバートは蒼の瞳を冷たく細める。

「妻のもとへ。妻と子を王都から避難させないといけませんから」

両陛下が息を呑んだ。彼の言葉はもう取り返しのつかない事態に陥っている事を示している。

聖女を招き入れ、王太子の伴侶とした今、王城は悪意ある者に掌握されたと言っても過言ではなかった。

「せめてアストリアを安全な場所へ。お願い彼女を守って……」

「彼女が望むなら婚姻撤回しても良い。我々が望むのは彼女の幸せだ」

両陛下は俺に懇願する。俺もまた、同じ。願うはアストリアの幸せのみ。

「気を強くお持ちください。互いに想い合えば魅了は跳ね除けられるはずです」

国の未来は明るくないだろう。この事態を引き起こした王家を粛清しようと、いつ貴族派が動き出してもおかしくない。

両陛下は青ざめたまま頷いた。そうしてアストリアの婚姻無効の書類を作り、俺は国王の特使としてベーレント伯爵家を訪ねた。

「アストリアに任せます」

彼女のご両親はそう言って頭を下げた。娘を心配しているのだろう、声に元気がなかった。

王宮に帰還した俺は両陛下に報告をした。次に命じられたのはディールス侯爵領に現れるという魔物討伐だった。その情報源は聖女……王太子妃殿下だ。

「クロイツァー騎士団長様、ごきげんよう」

「これは王太子妃殿下、ご機嫌麗しゅう存じます」

産後二か月ほどが経過した妃殿下は、既に通常の生活に戻っていた。生まれた赤子は男児で、王太子殿下によって『ヴェルメリオ』と名付けられた。

何の因果か赤子は赤茶の髪に赤目と、まるで殿下の罪を突きつけるかのような色を持っていた。

だが王太子殿下はたいそう可愛がっているらしい。後悔も反省も全くないのが不気味だ。

「そう堅苦しいのはやめて。騎士団長様にはいつも感謝しているのですよ」

「過分のお言葉、痛み入ります」

ねっとりとした視線と空気にいたたまれず、腕に絡みついてきた妃殿下をさりげなく避けた。

「貴方はいつもつれないのね。つまらないわ」

ふい、と顔を逸らし、妃殿下は踵《きびす》を返す。

「そういえば、災害級の魔物が出るって先見の魔法で知ったの。そうね、ディールス侯爵領辺りかしら。その辺りにいる皆様にもお伝えしたほうがいいかしらね」

その言葉に息を呑む。

（アストリア……）

クラウスと結婚した彼女は結婚式の翌日に侯爵領へ行ったと聞いた。もしも妃殿下の先見の魔法が正しいならば、彼女が危ない。

急ぎ王都のディールス侯爵邸へ向かう。災害級の魔物の件と、――アストリアとクラウスの婚姻無効の書類を届けに。

「……分かりました。急ぎ先触れを出して対応します」

出迎えたクラウスは、どこか憔悴《しょうすい》したような面持ちだった。

「何かあったのですか？」

問いかけると、クラウスは心底嫌そうな顔をした。

「いいえ、何も。毎日毎日殿下がアストリアの事を聞いてくるからうんざりしているだけです」

「それは……大変ですね」

「ええ、自分から手放したくせに妾にするだの言ってるんですよ。一体何を考えているんだか」

彼は未だ殿下の側近だ。俺は団長就任の挨拶以来会っていないから最近の様子は分からないが、妾にするというのは聞き捨てならない。

少しでも早くアストリアのもとへ行きたい俺は、クラウスに書類を差し出した。

「これは？」

「貴方と夫人の婚姻に関する書類です」

書類を手に取って目を通した彼は、ふっと頬を緩めた。

「これを提出すれば私とアストリアの婚姻関係は解消されるのですか？」

「互いに無効を望めば」

「分かりました」

クラウスは侍女からペンを受け取ると、迷わず「無効」に丸を付け、署名をした。

「おそらくアストリアも望むでしょう。ちなみにこの書類は」

「私が責任をもって提出いたします」

「そうですか。ではよろしくお願いいたします」

クラウスはそう言って手元のティーカップを傾けた。

「……呼び捨てにするほど仲が良いのですね」

つい口が動いてしまったが、言葉を取り消す事はできない。

一瞬きょとんとした彼は、フッと余裕の笑みを浮かべた。

「うらやましいですか？」

「……っ、いえ、それほど仲がよいのにあっさり婚姻を無効にするんだな、と思ったまでです。うらやましいなどとは、決して」

言い訳するほどクラウスはにやにやと笑みを深めていく。俺はいたたまれずにお茶を呷り、熱さで火傷しかけた。

「愛する女性がいるのです。昔は初恋に捕らわれていたのですが、今は彼女を愛しています」

愛する女性を思い浮かべているのか、クラウスは優し気に目を細めた。

「恋愛感情はありませんが、アストリアには幸せになってほしいと思っていますよ。幼い頃から一緒でしたから、大切な女性ですし」

にこやかな笑みがなぜか癪《しゃく》に障った。

侯爵邸を出て馬車に乗り、深く溜息を吐く。

クラウスがアストリアの名を呼んだ時、胸がざわついた。俺は彼女に相応しくないのに。

俺が今気になっているのは白銀の君。討伐で俺を助け、皆の希望となっていた彼に強く惹かれている。

だから婚姻解消後のアストリアと、とは思えない。別人への想いを抱えたままでは不誠実だ。

王太子の結婚式の時はつい声をかけてしまったが……。彼女が断ってくれてよかった。

悶々としながら侯爵領に着くと、屋敷で出迎えてくれたのはアストリアだった。背筋を伸ばし、凛とした瞳で見据える彼女に魅せられ、思わず手に口付けてしまった。貴族であれば挨拶代わりにする事はよくあるが、慣れていないのか、戸惑う彼女に胸が疼《うず》いた。

爆炎龍の話をしながら、ずっと彼女を見ていた。やはりよく変わる表情に釘付けになる。丁寧に話そうとしてもぎこちなくなる。我ながら情けない。

王太子がアストリアを求めている件も話した。だが毅然として「復縁はありえない」と言い切った彼女の瞳に力強い意志を感じた。やはり彼女にも惹かれてしまう。

屋敷を去った後、聖女の言った通り爆炎龍が現れた。

上空にいる奴をなんとか地上へ引き摺り降ろしたいとやきもきしていると、急降下し始めた。その下にいたのは――いつか、魔物討伐の際にいた白銀の君。俺の心惹かれる相手だった。

男性だから結ばれる事はないが、初めてアストリア以外に心惹かれた相手だった。

彼女以外に心を動かされる事はないと思っていた。俺が特別に想えるのは彼女だけで、他の者に惹かれる事はないと。戸惑いはあったが、今は爆炎龍を倒す事に集中しなくては。

あわや龍の下敷きになりそうだった彼を助け、共闘する。

「私は望んでここにいる。ディールス侯爵領の人たちを守らなきゃいけない。それに私は魔法に長けている。羽根を麻痺させたのは私だ！　だから役に立てる」

相変わらず勇敢で高潔な彼に、強烈に惹き付けられる。

「……分かった。では援護を頼む。攻撃は俺たちに任せてくれ」

「了解！　ノエル、ブラント、やるよ！」

白銀の君が連れている男の顔には見覚えがあり、彼もまた俺を見てぎょっとした。

（侯爵家にいた護衛……？　白銀の君はアストリアと関係があるのか？　そもそもなぜあの護衛がここにいる？　侯爵邸でアストリアを守るべきではないのか？）

尽きぬ疑問は油断を招く。白銀の君が羽根を麻痺させたが、暴れる爆炎龍は尻尾で辺りを薙ぎ払い、あろう事か俺はほぼ意識を失ってしまったのだ。ぼんやりと周りの音だけが聞こえる。

それを助けてくれたのも白銀の君だった。

（ああ、まただ。また、俺は貴方に助けられた……）

殿下を呪龍から庇った際、瀕死の重傷を負った俺や周りにいた騎士たちを担いで安全地帯へ連れて行ったのは彼だった。

（危険も顧《かえり》みず人を助ける。そんな貴方に俺は惹かれたのだ……）

「やベー！　アリストまじかっけー！　まじ惚れる！　男ならよかったのに！」

「惚れられたくないからよかった！」

（いや、分かるよ。惚れるよな、男でなくても。……？）

聞こえた言葉に違和感を覚えたところで、白銀の君の回復魔法で意識が完全に戻る。

「白銀の君……、すまない、ありがとう」

「お礼は後で！　あとちょっと！」

絶望的な状況でも立ち上がる彼が、あの赤茶の髪色の凛とした女性と重なる。

（まさか）

姿形はまるで違う。性別だって。だが見れば見るほど二人が重なっていく。

もしも、白銀の君がアストリアだとすれば。聖女に惹かれていく王太子を見て絶望したのも頷ける。何の抵抗もなくアストリアが婚約白紙を受け入れたのも、――見てしまったからだ。

途端に王太子への怒りが湧き、それを爆炎龍にぶつけた。瀕死の爆炎龍の身体が光りだす。

自爆攻撃に成す術なしかと思われたが、白銀の君が爆炎龍を亜空間に閉じ込めた。

危機を脱し、呆然と座り込む彼の手を取る。やはり男にしては小さく細く、庇護欲をそそる。

（アストリアなのか……？）

確かめるべく白銀の君――アリストに王都に来るように誘うが、転移魔法で逃げられた。

（あの時の魔法……！）

王太子の成婚パーティーで彼女が使った魔法と同じだ。俺は残されたブラントを振り向いた。

「説明してもらおうか、ブラント。……アリストは、アストリアだね？」

「うえっ!?　いや、彼は――」

「アリっちの本名、アストリアちゃんっての？　かわいい名前じゃん」

ノエルと呼ばれていた焦げ茶の髪の青年がカラカラと笑う。

「白銀の君アリスト、白銀の乙女アストリア。うんうん、似合ってる似合っむがぐぐ」

青年の口をブラントが両手で塞ぐ。

「ブラント、公爵としてきみに命じよう。洗いざらい全て白状してくれ」

俺は極上の笑みを浮かべてブラントに詰め寄った。

だが、知らないままの方がよかったのかもしれない。殿下を庇った際に受けた呪龍の呪いは、この後最悪の形で表れた。

第四章　王都帰還と白い求婚

爆炎龍と対峙した数日後、王家から書状が二通届いた。

一通は私とクラウスの婚姻無効が成立したと知らせるものだ。騎士団長とは逃げるように別れたけど、書類はちゃんと提出してくれたのか、とホッとした。

もう一通はクリス様から白銀の君に宛てたものだった。アリストはベーレント伯爵家所縁の傭兵として動いていたから私に連絡がきたようだ。

手紙には呪龍討伐の時のお礼がしたいと書かれていた。自分と聖女様が愛し合うきっかけになったから美しい思い出になっているのだろうか。いっそのこと正体を明かしたら……と思ったけれど、白い髪だからって心変わりされても嫌だから黙っていよう。

侯爵領邸に来て約三か月。いよいよここを離れる時がきた。使用人たちは優しかったし、とても過ごしやすかった……まあ、ほとんどお世話されていたのは魔法人形だったけど。

「皆さん、短い間でしたがお世話になりました」

「アストリア様。こちらこそ、よくしていただきました。何も力になれず申し訳ございません」

代表して、家令のゴードンが挨拶をした。私自身はあまり関わってないから少し申し訳ない。

まあ、魔法人形の記憶は受け継いでいるから許してほしい。

ブラントの手を借りて馬車に乗る。

「では皆さん、ありがとう。ごきげんよう」

馬車の窓から手を振ってお別れした。使用人一同、馬車が見えなくなるまで頭を下げていた。

名残惜しい気がするのは楽しかったから。でも、気持ちはすぐに切り替えなくては。

「短かったですが、ちょっぴり寂しいですね」

アイラがしんみりと呟いた。彼女はずっと屋敷にいたから仲良くなった子でもいたのかな……

「ごめんなさいね。友人でもできてたりしたら……」

「あ、いえ、大丈夫です。手紙を出しますから」

「そう？　……ならいいんだけれど」

手紙といえば、クリス様からの手紙は亜空間の奥にしまいこんである。

(何だか怨念がこもっていそうで怖いもの。いっそこのまま閉じ込めたままでいいかしら)

「お嬢様、転移魔法はお使いにはならないのですね」

「この髪色ではね……。侯爵家の馬車だしね」

「ご理解いただいているようで何よりです。いつかのようにうっかりご使用にならずにホッとしております」

「うっ」

ブラントはきっと爆炎龍退治後の事を言っているのだろう。騎士団長に詰め寄られ、白状するはめになったらしい。おかげで彼にはアストリアとアリストが同一人物だと知られてしまった。

「殿下の成婚パーティーの時に転移魔法を使ったのが決定打となったそうですよ」

つまりあの時私を呼んでいたのは彼だったのか。……迂闊《うかつ》だった。まあ、騎士団長は言い触らすような人ではない事を祈ろう。

こうして、来た時と同じく五日間をかけてのんびりと馬車の旅を楽しんだ。

「アストリア……？」

「お父様……」

ベーレント伯爵家に到着すると、お父様が出迎えてくれた。

「お父様、帰って参りました。一度も会いに来られずに申し訳ございません」

「いや、婚家の領地にいたのだから仕方ないよ。それよりも帰ってきたという事は……」

「ええ、クラウス様との婚姻無効が成立いたしました」

「そうか……。しばらくはここにいるんだろう？　ああ、お母様にも顔を見せておあげ」

「勿論です」

お父様にエスコートされ、邸内に入る。三か月しか経っていないのに何だか懐かしい。

「リア！　ああ、帰ってきたのね……。元気だった？　顔見せてちょうだい」

「お母様、ただいま戻りました」

玄関ではお母様が待っていた。久しぶりに抱き締められると、胸の奥がじんわりとする。ようやく帰ってきたんだ、と実感して目頭が熱くなった。

それから数日、私は実家でのんびりしていた。弟のヴァルクに勉強を教えたり、本を読んだり。

(思えば学園に通ったり、王太子妃教育なんかで忙しかったから、こんなにゆっくり過ごすのは初めてかも)

ぼんやりしていると身体がうずくけれど、家から出てはいけないと厳命されていた。

(それに何だか嫌な予感がする)

漠然としたもの。あやふやで掴めないそれは胸のうちでモヤモヤしている。

思案していると、出かけていたお父様が帰宅して、私の方へやってきた。

「……何かありましたか？」

「ああ、アストリア。少し話があるんだ……談話室に行こう、長くなりそうだ」

何だか浮かない顔のお父様はそう言って、私をエスコートしながら談話室へ移動した。

「あら、お帰りなさい」

ちょうど談話室前にいたお母様も一緒に話を聞く事になった。

「それで、お父様。何がありましたの？」

「……ああ。まずはこの国の基本の仕組みは分かるな？」

この国の基本の仕組みなんて、学を修める者なら誰もが知るものだ。いったいお父さまは何を言いたいのだろう。

「ええ。王家、貴族派、教皇派の三派で成り立つ。王家に非あらば他二派が異を唱える事もできる。そうして不正を正し、歴史を作ってきたのがエーデルシュタイン王国の基礎。異を唱えられた王家は滅び……」

そこまで口にして、思わず言葉を切った。お父様は真剣な眼差しで続きを促す。

「……滅び、新たな王が立つ。それゆえ、国名が、王家を示さない」

そう、王の血統が変わっても、エーデルシュタイン王国の名はそのまま。

言い終えて、心臓が嫌な音を立てているのに気付いた。

「お父様、まさか」

「ああ」

それだけで、全てを理解した。してしまった。指先が震え、冷たくなる。

「でも、話し合いの余地はあると思うのです……」

絞り出した言葉は弱々しく響いた。もう無理だろうと分かっていながら、可能性があるなら縋りたかった。けれど、お父様は無言で首を横に振った。

「貴族派が動き出した。両陛下も裏では準備を始めている」

三派のうち貴族派が動き出した。――王家を粛清するため。両陛下もそれが分かっているから先の事を考えだしたのだろう。私がいない間にそこまで進んでいるとは知らなかった。

「それで、アストリア。……ちょっと、言いにくいのだが」

お父様は気まずそうに顔をしかめた。隣にいるお母様も物憂げな表情だ。

「王太子殿下が……。お前を捜している」

「――っ」

思わず顔が引き攣ってしまったのは許してほしい。

「お父様、殿下と妃殿下との仲は良好ではないのですか？」

「表向きは良好だ。だが、裏では……」

「……そうですか。分かりました」

お父さまの表情を見れば、二人の仲が冷えているのが分かる。

（あれだけ仲が良さそうだったのに、何がどうしてそうなるの……？）

「それでね、リア。殿下に貴女を求められたら、伯爵家は逆らえない」

お母様も顔色を悪くしながら言った。私は思わず俯いて、ドレスを握り締めた。

そこへ、執事が来客を知らせにきた。それでも顔を上げられなかった。

「アストリア、すまない。お前を守れない不甲斐ない父を許せとは言わない。だが、殿下にみすみす渡す訳にはいかない。だからお前を守ってくれる方を見つけたんだ」

「……え……？」

カツカツと、靴の音が響く。

「遅くなりまして申し訳ありません」

よく通る、低い声。何度も聞いた。何度も、声をかけてくれた、優しい声音。

「お久しぶりです。ベーレント伯爵、並びにご夫人。……そして、伯爵令嬢」

振り返るとそこには、騎士団長のヘルフリート・クロイツァー公爵様がいたのだった。

「ようこそお出でくださいました」

「こちらこそお招きいただきありがとうございます」

お父様が立ち上がり、騎士団長を迎える。私も立ち上がり一礼した。目が合って、微笑まれる。

何だか少し恥ずかしいけれど、それよりも戸惑いの方が大きい。

「どうぞこちらへ」

お父様がソファへ促すと、騎士団長が着席し、その後私たちも腰かけた。先程は私の前に座っていた両親は、私の隣に移動した。

「時間もあまりありませんので単刀直入に申し上げます。ベーレント伯爵令嬢。今日、私がここに来たのは貴女に求婚するためです」

その言葉に目を見開いた。婚姻無効が成立して間もないのに、まさか求婚されるなんて。

「殿下が貴女を妾として召し上げようとしている事はご存知ですか？」

「えっ」

その言葉に思わず眉根を寄せ口の端を引き攣らせた。クラウスが言っていた事は本当だったらしい。私を捜しているというのは、妾にするためだったのか。

「本来であれば一夫一妻制に反しますが、王族が未婚の貴族令嬢を妾にできる法が強行採決されました。既に何名か赤茶色の髪の女性が城に喚《よ》ばれております」

ぞっと背筋が粟立つ。呪龍の呪いのせいなのか、聖女の何らかの力のせいなのかは分からないけれど、あの優しかったクリス様がなぜそんなに変わってしまったのか。

「ですが、貴女を我が公爵家に招いて一時的にでも匿《かくま》えば、この話は拒否できます」

騎士団長は顔を強張らせ、膝の上で拳をきつく握っている。

「先日、貴族派筆頭が非常事態宣言を出しました。これから王家は監査されます。その間、公爵家は王家と同等の力を持つ。殿下の横槍を拒否できます」

確かに、その方法ならば私は守られるだろう。でも、なぜ騎士団長が私を匿《かくま》ってくれるのかがわからなかった。確かに彼からの気遣いや労いはあった。けれど、それはきっと同情からで。

そう思うと、なぜか気持ちがもやもやした気がした。

「ベーレント伯爵、お嬢様と二人で話がしたいのですが」

お父様は渋々退室したが、扉は半分くらい開いているし、廊下には護衛と侍女も待機している。

一応は二人きりになったので改めて向き直り、一番気になる事を聞いてみた。

「どうして私にここまでしてくださるのですか？」

「貴女を守りたいからです」

真剣な目で即答され、一瞬たじろぐ。守りたいなんて言われたのは初めてだった。

「でも、不本意なのではありませんか？　失礼ですが、すごく嫌そうなお顔をなさっています」

騎士団長は話の最中、ずっと顔をしかめていた。それを指摘すると彼は寂しそうに笑った。

「……貴女とはいわゆる白い結婚になります」

「えっ？」

公爵様は気まずそうに、言い出しにくそうに告げた。その表情が痛ましく、私は息を呑んだ。

「私は閨事ができなくなりました」

騎士団長は今にも泣きそうな顔をした。……水を差すようだけれど、今、何て仰いまして？

「呪龍に攻撃された際、『幸福への大切な何かを奪う呪い』を受けたようです。私は過去、女性関係がただれていましたので……これも因果応報というやつでしょう」

ハハハ、と力なく笑うから何とも言い難いけれど。それはまぁ、何というか。

「そうですか……」

「はい。なので、この結婚は一時的な避難措置として捉えていただければと思います。……王家粛清の後、貴女に他に好きな男性ができて、それが貴女を守れる者であれば婚姻は解消します。粛清中にできた場合でも貴女を守る事は変わりません。そのお相手ごと引き受けます」

騎士団長はそう言って、微笑んだ。

流石にそこまでしてもらうのは気が引ける。今のところそんな相手はいないのだけど。

「婚約者ではだめなのですか？」

「……未婚のままでは殿下に有利なのです。婚約中ですと貴女はベーレント伯爵籍になるので、守りきれない可能性があります」

確かに王族と同等の権力がある公爵家に入るほうが安全ではある。

「それから、白銀の君も貴女なのでしょう？　殿下は白銀の君も捜しています」

指摘され、思わず目を見開いた。ブラントから正体がばれたとは聞いていたけれど、改めて言われて自分の迂闊《うかつ》さを呪った。

「どうして殿下は白銀の君を？　それに、貴方に守られる理由も分かりません」

言った後で、後悔した。せめてまず否定すればよかった。

「殿下はお礼がしたいのだそうです。私も同じです。呪龍の攻撃から殿下を庇って重傷を負った時、私を担いで安全地帯まで連れて行ってくれたのは白銀の君……つまり貴女でした」

なんて色気のない……！　せめて傷を治療して、とかであればそこから始まる何かがあったかも……そういえばクリス様と聖女の馴れ初めはそれだった。

「細腕ながら逞《たくま》しく、機転が利いて素晴らしいと思いました。あの場にいた騎士や魔法使いたちは皆貴女の姿に励まされ、希望を見ました」

瞳に熱を宿し、騎士団長は熱く語った。べた褒めされると恥ずかしくて顔に熱が集まる。

「魔物を次々と屠《ほふ》る実力も、的確に援護するところも、騎士団や、魔法師団に誘いたいくらいでした。……かと思えば、殿下の所業に胸を痛める姿に目が離せなかった」

熱く語っていた騎士団長は、痛ましげに顔を歪ませた。

……そうか。あの時、見られていたのか。

「あの時は殿下を止められず申し訳ありません。上手く、諌《いさ》められていれば……」

「いいえ。今は殿下と離れて良かったと思っています。最近の殿下はちょっと怖いので……」

「……確かに。殿下の貴女に対する執着心は尋常ではありません。私は貴女に恩返しがしたいのです。今度は私が貴女を助けたい。この話、受けていただけないでしょうか」

騎士団長は瞳を揺らし、切実に、まるで懇願するように言った。

少しの間思案して、私は騎士団長に向き直った。

「分かりました。このお話、お受けします。白い結婚、上等です！」

笑顔で返せば、瞳をまん丸にして、それから目を細めて苦笑された。

「上等、とは……、貴女のその前向きなところにいつも救われます」

「それを言うなら私も公爵様の優しさに救われていますわ」

「そうですか。ならば良かったです」

その声があまりにも甘く、優しく響いたので思わず鼓動が跳ねた。

いや、あくまでこれは契約。身を守るためのもの。彼が優しくしてくれるのは、アリストに恩があるからだ。

私はつくづく結婚には縁がないのかもしれない。

それでもこの結婚生活を少しでもいいものにするため、あらかじめお願いする事にした。

「この結婚にあたり、お願いがあります」

「……何でしょうか？」

「敬語はやめて、普通に話してください。あの日、大聖堂で会った時のように。それから、仮初《かりそめ》でも夫婦となるので、それらしく振る舞ってください。あと、妾がいるなら絶対に私に知られないように隠してくださいね」

　短い間でも、たとえ結ばれなくても。せめて笑顔でお別れできるように。

　驚いた表情で騎士団長は固まったが、すぐに私をまっすぐに見つめる。

「分かりました……、いや、分かった。だが、一つ言わせてくれ。妾などいない。今は女性関係も何もない。それだけは信用してほしい。それから俺の事はヘルフリートと呼んでくれ」

　その目はひどく真剣で、きっとこの人は私に嘘は吐かないだろう、そんな気がした。

　一つ咳払いをして、騎士団長は私の前に跪く。

「では。改めてきみに求婚するよ、アリスト……。いや、アストリア・ベーレント嬢。きみも、白銀の君も、守ると誓う」

　右手を差し出され、私は自身の手を重ねた。

「喜んで。これからよろしくお願いしますね、ヘルフリート様」

　笑顔で答えると、騎士団長は爽やかな笑みを浮かべた。でも、なぜか少しだけ、悲しげな顔に見えた。

◆　◆　◆

　惹かれた相手の正体が初恋の女性と知り、乾いた笑いが出た。

「まさか、姿形が変わっても惹かれるのが同じ女性とは……」

何度忘れても、欲しいと思えるのはたった一人。何かの呪いか、ただの執着か。

叶わないから忘れたと思っていても、心の奥底に燻《くすぶ》っている。

きっと俺は彼女がどんな姿になっても惹かれてしまうのだろう。

「貴族派が動き出した。監査が始まるぞ」

魔法師団長ウィルバートが騎士団長室に転移魔法でやってきた。

現在の王宮内の警備は少数が残るばかり。それも全て王太子妃殿下に傾倒する者だ。

ウィルバートの妻子も、反対するのを無理矢理領地に行かせたらしい。

両陛下は魅了魔法に抗いはしているが、王妃陛下は聖女が産んだヴェルメリオ様の父親が誰なのかが気がかりでいまいち国王陛下を信頼できず苦戦しているようだ。

王太子夫妻は……執務はするものの、放蕩三昧だ。王太子殿下は妾を囲うようになった。その髪色は赤や赤茶色。平民や未亡人だけでなく、未婚の貴族令嬢でも構わぬように強引に法を採決してしまった。

なりふり構わなくなった王太子は暴君と化した。貴族はおろか平民からも不満が出て、あちこちで暴動が起きている。騎士団はその沈静化の傍ら湧き出る魔物退治で目も回る忙しさだった。

それまで静観していた貴族派が立ち上がったのはこれが決定打だった。

聖女は既に王太子を見限り、自室で過ごすようになった。ヴェルメリオ様の世話は乳母がして、自身は全く興味を持っていない。

「まだなの……？　まだここにいなきゃだめなの？」

彼女がブツブツ呟く姿が恐ろしく、最近俺は王宮内に立ち入れていない。

着実に、国が滅びゆくのを止められない。


「私は殿下の側近を辞しました。もう無理です。殿下は変わられた」

侯爵領から戻ってアストリアも婚姻無効に署名した事を伝えると、クラウスはこう話した。侯爵邸にアストリアがいないと知った王太子に殺されかけ、その場で辞表を提出したそうだ。

「アストリアが心配ですが、私は彼女を守る事ができません。フィオナと彼女を選べと言われたら迷わずフィオナを選びますので」

迷いのない表情をした彼が眩しく見える。俺は彼女を欲している。惹かれていた相手が彼女と同一人物と知った以上何の問題もないはずだが、……過去の行いが自身を苛《さいな》む。

こんな俺が彼女のそばにいる資格はあるのだろうか。清廉《せいれん》で穢《けが》れのない彼女を汚してしまわないかと思うと、一歩を踏み出せない。

「きみがこのまま領地で匿《かくま》ってやると言うのは……」

クラウスは言葉の途中で首を横に振った。

「恥ずかしながら、私は魔法に秀でていません。髪色の通り風と水属性ですが、攻撃系魔法はあまり得意ではないのです。殿下と戦っても勝てません」

「では誰が彼女を守るんだ……」

「一人、頼もしい方を知っています」

「っ、それは誰だ」

　本音は嫌だが彼女を守れる者ならば誰でもいい。

「王国の騎士団長をなさっている方です。身分も公爵だから、いざという時には彼女の家族ごと守れる。彼以上に適切な方もいないでしょう」

　クラウスの言葉に俺は目を見張った。

「アストリアに惹かれているのでしょう？　素直になってはいかがですか」

　思わず息を呑んだ。見透かされている事に動揺してしまう。

「だが、俺は過去……」

「貴方が過去、遊んでいたというのは噂で聞いておりますが、彼女は気にするような人ではありませんよ。まあ、貴方が動かなくても引く手あまたでしょうから、他にかっさらわれるだけです」

　クラウスは俺に挑発するような笑みを向けた。アストリアの事は何でも分かっているような口ぶりが癇《かん》に障る。だが、おかげで己の心も決まった。

　アストリアは未婚に戻った。それは王太子が彼女を手に入れる可能性があるという事だ。

　彼女は殿下のもとには戻らないと言っていた。アストリアは強い女性だから毅然とした態度で拒否できるだろうが……そんな彼女を、できるなら俺が支えたいと思ったのだ。

「貴殿のおかげで気持ちが固まった。彼女に求婚する。ありがとう」

　揺るぎない眼差しで告げると、クラウスは笑った。

「彼女をよろしくお願いします。大切な幼馴染みなんです」

「任せてくれ」

そうして俺は、彼女に求婚する事にしたのだった。


「ヘルっち、やっと決意固めたんね」

護衛として雇ったノエルが、あっけらかんとして言った。爆炎龍を退治した後、公爵家で雇ってほしいと言われたから承諾したのだ。

「難しく考えすぎ。好きなんでしょ？　アリっちの事。王太子がアリっちを狙ってて、他の公爵家は別にアリっちに肩入れしてない。ならさー、ヘルっちがアリっちを守ればいいだけじゃん？」

簡単に言ってくれる。

王太子から守るためとはいえ、初恋の女性に求婚できるのは嬉しくもあり、不安もあった。

アストリアは望まないかもしれない。だが彼女を愛し、幸せにしたい。

そんな浅ましい事を考えた俺に、きっと天罰が下ったのだろう。

明日、アストリアへ求婚しようとベーレント伯爵家に渡りをつけた時に突如として発動したのは、王太子を庇った際に受けた呪龍の呪いだった。

災害級の魔物が災害級たる所以《ゆえん》は、死の間際の攻撃が酷いからだ。

呪龍の場合は『幸福への大切な何かを奪う呪い』。俺が奪われたのは『家族を作る力』だった。

養父母を亡くして以来孤独だった俺は、彼女と家族になれる事に幸せを感じた。だから血のつながった家族を作れないよう、閨事ができなくなってしまったのだ。

アストリアの望まぬうちはしないと決めてはいたが、いつかは、きっと……

そう思っていたが、呪いが一生続く可能性すら出てきた。解呪の魔法はない。

（自業自得だな……）

過去の行いが悔やまれる。なんとも因果なものだと溜息を吐いた。

やはりこんな汚れた体では彼女を幸せになんかできないんだ。彼女が他の誰かを選ぶ様を思い浮かべれば身を切るように辛いが、自分の事より望むのはアストリアの幸せ。

たとえ彼女が選ぶのが俺以外でも、今度こそ彼女には幸せになってほしい。

こうして俺は彼女と婚姻する権利を得ながら、気持ちを封印する事に決めた。

第五章　魔法が解けた

求婚を受けて、両親が部屋に戻ってきた。

「ベーレント伯爵、伯爵家の皆様、使用人たちも我が公爵家へお出でください。今の王太子殿下であれば伯爵家に冤罪をかける事をしないとも言えません」

騎士団長――ヘルフリート様の提案に、お父様は一瞬で顔色をなくしてこくこくと頷いた。私たち一家だけでなく使用人たちも匿《かくま》ってくれるなんて、驚きとともに申し訳なさが募る。

「きみが守りたい人たちを……俺も守りたいから」

そう言われては引き下がるしかなく。素直に好意に甘える事にした。

「気になるなら対価としてきみの助力を求めよう。魔法の才能が抜きん出ているから貴重な戦力になる。今の私たちに必要だ。どうだろうか」

「私でお役に立てる事があればなんなりと仰ってください」

「ありがとう。討伐の時の援護は素晴らしかった。騎士たちも戦いやすいと言っていたよ」

「お褒めに預かり光栄ですわ」

一礼すると、ヘルフリート様は再び笑んだ。だがすぐに真剣な表情になる。

「早速で申し訳ないのだが、明日にでも婚姻の届け出をしにいこう。殿下が動き出したら間に合わない。時間はあるか？」

「わかりました。……が、王宮に行くのですか？」

貴族の婚姻届は基本的には王宮に提出する。普段は国王の印章をいただき、その後に教皇の承認を得て成立するのだけれど。

「いや、今きみが王宮に行くのは危険だ。非常事態宣言も出ているから、今回は大聖堂に行く」

大聖堂は王族や公爵家の催事に使用される。クリス様の結婚式では参列者として、クラウスとの時は当事者として行った場所。今度は婚姻の承認を得るために行くとは。

「今は教皇と公爵家当主の誰かの承認があればできるんだ。最終的に婚姻を承認するのは教皇だからね」

そうか。公爵家は今、王家と同等の力を持つから、国王の代わりという事なのね。

そして教皇……。現在の教皇はあまり表に出てこない。教会の顔として活動しているのは私の伯母であり、彼の妻である聖女様。

以前は精力的に活動していたけれど、もう一人――現在の王太子妃殿下が連れてこられてからは裏方に回っている。妃殿下が結婚した後に活動を再開すると聞いていたけれど、結局どうなったのかまでは聞いていない。


翌日、私とヘルフリート様は大聖堂へと向かった。お父様たちは引っ越しの準備をするらしい。使用人たちにも説明して、全員付いていくと言ってくれた。アイラなんて『ダメだと言われても離れませんから！』と息巻いていた。

「ようこそお出でくださいました。どうぞこちらへ」

結婚式を挙げた婚姻承認の場で書類を提出すると、大聖堂の方が確認していく。

「少々お待ちください」

案内されたソファに腰かけ、そっと息を吐いた。結婚式の際はその場で書いて提出した。

今回は昨日のうちにヘルフリート様が公爵家のうちの一つの当主様から承認を貰い、印章を押された書類を持ってきてそれを提出した。あとは教皇の承認を得るだけだ。

「またここに来るとは思いませんでした」

待ち時間、つい本音がぽろりと出た。大聖堂にはあまりいい思い出がない。

「そうだな。……あの時のきみは泣いていた」

ヘルフリート様に初めてお会いしたのはクリス様の結婚式だった。

「あの時のおまじないはよく効きました」

「……そうか」

「あれは何の魔法ですか？」

泣き顔も、化粧崩れさえきれいに直っていた。そんな魔法もあるのか、と不思議に思ったのだ。

「あれは、少しだけ時間を戻したんだ」

「まさか」

時を戻す魔法は扱いが難しい。私も扱えない類の魔法だ。

「闇属性の『老化』を逆にしただけだよ」

簡単に言ってのける事に少しばかりの悔しさを覚えたと同時に、疑問が湧く。

「ヘルフリート様は闇属性なんですか？」

その言葉に彼は肩を揺らした。彼の髪色は濃紺だから水属性だと思っていたけれど。

「ああ。……本来なら黒髪だよ」

「姿変えの魔法を使っているのですか？」

「いや、これは……」

そこへ準備ができたと私たちに声がかかった。

姿変えでないなら何だろう。また後で聞いてみよう。

「お待たせいたしました。こちらへどうぞ」

白い服を着た人の案内で奥へと進んで行く。ヘルフリート様がさりげなく腕を差し出してくれたので、そっと手を添えた。

「ようこそ。貴方方の婚姻に祝福があらん事を」

案内された先にいらっしゃったのは白い髪の聖女様――産まれてすぐに教皇派に連れ去られた、名前も知らない私の血縁上の伯母だった。

「本日は教皇が不在なので私が代理を務めますね」

聖女様は慈愛に満ちた笑みを浮かべ祝詞《のりと》を捧げる。そして婚姻証明に祝福を授けた。

「これで貴方たち二人は夫婦と認められました。お二方の未来に幸多かれ」

「ありがとうございます」

これで婚姻は成立した。聖女様に一礼し、退室しようとした時。

「其は剣、運命の乙女。貴女の運命は貴女のもの。其は盾、宿命の騎士。貴方の運命は貴方のもの」

聖女様から意味深な言葉をかけられた。

「一つの国の分岐点に剣の乙女在り。白銀を靡《なび》かせ運命を切り拓き新たな時代の礎となるだろう。乙女の側に盾の騎士在り。二人の想い通いし時、運命の女神は微笑むだろう」

半ばトランス状態の聖女様の言葉はまるで予言のようで、婚姻の承認を貰いにきただけなのに、何だか重要な事柄を知ってしまった気分になった。

言い終えると聖女様はハッと意識を戻した。

「ごめんなさいね。今、もしかして神託が下ったかしら」

私もその言葉に我に返る。ヘルフリート様は目をぱちくりとさせた。

「あ……、はい、たぶん」

「今のは貴方たちへのお言葉ね。……時代が変わろうとしているのね」

聖女様は私たちへの予言だと言うけれど、何だか自分の事じゃないみたいで現実味がない。

足元がぐらつく気がして、思わずヘルフリート様の腕にぎゅっとしがみついた。その手にそっと、ヘルフリート様の手が添えられる。その手が温かくて、しっかりしなきゃ、と自分を奮い立たせた。

「剣の乙女。貴女の運命、見届けさせていただくわ」

聖女様は無表情で呟く。

「教皇が今日不在で良かった。貴女の存在が知られればただでは済まなかったわ。行きなさい。貴方たちに幸多からん事を」

再び聖女様に一礼して、私たちはその場を後にした。


帰りの馬車の中は、何となく私もヘルフリート様も無言だった。

(剣の乙女か……)

私は魔法は得意だけど剣はからきしだし、正直ピンと来ない。

国の分岐点だと言われても、まだ実感は湧かないが……馬車の中から王都の街並みに目を向けると、確かに以前と様子が違って見える。人はまばらで活気も少ない。

「剣、と言っても、私に何ができるんだろう」

つい、そう口から出てしまった。慌てて押さえると、対面に座るヘルフリート様と目が合った。

「そう気負わなくていいと思う。俺も一緒に動くしきみの支えになるよ」

その言葉は私に刺さる。……今まで一人だったから。誰かが一緒にいてくれるのは心強い。

「騎士団長様が一緒にいてくださるのは頼もしいですね。私は剣は全く使えないので」

「今度教えようか？」

「うーん、……血が出るのは好きではありませんね」

「そうか。ならば剣は任せてほしい」

「では私は盾ですね」

「いや、盾は俺だ。きみを守るのは俺の役目だ」

真剣な表情のヘルフリート様からじっと見つめられ、何だか居心地が悪い。

「では、両方お任せします。私は後方から応援してますね」

ごまかすように腕を曲げ、拳をグッと握った。するとヘルフリート様はふはっと笑った。

「確かにきみの援護は頼りになるな。ではアストリア殿、後方は任せた」

「承知いたしました、騎士団長殿」

ピッと敬礼のポーズをして。お互いに思わず噴き出した。

そこからは和やかに過ごして、クロイツァー公爵邸に到着した。

ヘルフリート様は当たり前のように先に降り、サッと手を出してくれた。

「お手をどうぞ、お嬢様」

「そこは奥様ではないのですか？」

少し口を尖らせてみると、彼はほんのり顔を赤らめた。

「……お手をどうぞ、……奥様」

「ありがとうございます」

釣られて私まで赤くなってしまう。自分に落ち着いて、と言い聞かせた。

「お帰りなさいませ」

出迎えてくれた使用人は公爵邸にしては少なかった。

「使用人はあまりいないんだ。俺一人だからね。だから伯爵家の皆が来てくれてありがたい」

ヘルフリート様がそう言って頬を緩めた。歩幅を私に合わせてくれて、小さな気遣いを感じる。

「きみの部屋はここ。以前俺の母が使用していたんだ。内装や家具なんかは好きに変えていいよ」

案内されたのは公爵夫人の部屋。彼のお母様が使用していたというそこは主を失って寂しげな空間が広がっていたけれど、落ち着いた雰囲気で整えられていた。

室内に入り、見回してみる。大切に使われていたであろう家具たちが、歓迎してくれた気がした。

「素敵なお部屋ですね。ありがとうございます」

「足りない物があったら言ってくれ。それと、こちらの扉は衣装部屋、こっちは湯殿と手洗い場。それから……ここは夫婦の寝室だが、内鍵が付いている。一応用心のために、鍵はかけたままで」

思わずヘルフリート様を見やる。そういう事はしなくても、一緒に寝るのかな、と思っていた。

「どうかしたか?」

「い、いいえ、何でもないです……」

何だか自分だけ期待していたみたいでいたたまれない。

いや、勿論一人でいいんだけど、そういう覚悟がいると思っていたから。

そんな私の様子に気付いたのか、彼は柔らかく微笑んだ。

「呪いの件がなくても、きみの望まない事はしないよ。仮でも夫婦らしくするとはいえ、義務を押し付けたくはない。きみにはここで憂いなく過ごしてほしいと思っている。それに……まだ、殿下との婚約が白紙となって一年と経たない。つまり、その……」

ヘルフリート様は少しばかり表情を硬くして言葉を続ける。

「そういうのを連想させるのは……まだ、嫌だろう?」

〝そういうの〟という言葉に疑問を抱き、すぐにハッとして目を見開いた。

すっかり忘れていたけれど。そうか。あの時見てしまった事を知っているのか。

「……あら?」

ふと、気付く。

それを知っているのはテントの護衛をしていた騎士たちくらいでは? 他にいるとすれば……

「もしかして、あの時私を連れ出したのは……?」

見上げると、ヘルフリート様は少し悲しげな顔をして頷かれた。

そうか。そんな時からこの方は私を思いやってくれていたのか、と、ほんのり心が温まる。

「あの時はありがとうございました。びっくりして、動けなかったから……助かりました。まあ、今まで忘れていたのですが」

お礼を述べると、ヘルフリート様は目を見開いた。

「す、すまない。かえって嫌な記憶を思い出させてしまったか。……申し訳ない」

今度はヘルフリート様が頭を下げた。

「いいです、気にしないでください。私は大丈夫ですから」

そう言うと、今度は真剣な顔をした。

「大丈夫というのは、あまりよくない時に出てくる言葉だ。無理はしてほしくない。これからは俺を頼ってほしい。……仮とはいえ、夫婦となったのだから」

「ありがとうございます」

じわりと、優しい言葉が心に染み入り、思わず顔が緩んでしまう。

「では、後程夕食時に呼びに来る。それまでゆっくりしていてくれ」

そう言って、ヘルフリート様は退室した。その背を見送ってソファで一息吐いたら、扉を叩く音がした。返事をするとアイラがお茶を運んできてくれた。

「すごいタイミングね。ちょうど喉が渇いていたの」

「お疲れ様でございます、奥様。旦那様が部屋を案内したらお茶を持って行くようにとあらかじめ指示なさっていたのですよ」

テーブルにティーセットとお菓子が並べられていく。一口サイズの焼き菓子は少し隙間の空いたお腹にぴったりの大きさだった。

「ねえ、アイラ、ここ、公爵夫人の部屋なの。わ、私が使っていいのかな……」

「いいからここに案内されたんですよ」

「そ、そうね。……うん、ありがたいわね……」

(私はあくまで仮初《かりそめ》の妻だから、次の方の事を考えてあまり汚さないようにしなきゃ)

なぜかつきんと胸が痛んだ気がしたけれど、お茶を飲んで気合を入れ直した。

夕食の時間だと、ヘルフリート様が呼びに来て食堂へと案内された。やはり歩幅を合わせてエスコートしてくれるのが嬉しい。

まじまじと彼を見ていると、常に手袋をしている事がやはり気になってくる。剣を握っている時さえ白い手袋をかかさない。よほどの手袋好きなのかしら。

「……あまり見られると気まずいのだが……」

「えっ、あっ、す、すみません」

視線を感じたのか、ヘルフリート様は気まずそうに咳払いをした。耳が少し赤くなっていて、あまりにも見過ぎていた事を反省した。

(どうもこの方といると調子が狂う気がするわ)

確かに顔はいい。過去の女性関係が華やかで、呪いでその報いを受けたというのも頷ける。

でも問題は中身なのだ。クリス様は私を愛すると言いながら、白い髪の人がいたらそっちに行ってしまった。

……だから本当の姿を見せられなかった。

（ヘルフリート様もそうなら、今度こそ攻撃アップ魔法をかけて拳をお見舞してやる）

拳をグッと握った私は、ヘルフリート様の優しい眼差しには気付かなかった。

「お父様、お母様、ヴァルク、来ていたのね」

先に食堂にいた家族が笑顔で迎えてくれて、晩餐が始まる。

「今日は伯爵家の皆さんが来るからと、料理長が張り切っていたよ。彼の料理は美味いんだ」

「はいっ！　いただきます！」

「遠慮なく食べてくれ」

ヴァルクの言葉に目を細めて微笑むヘルフリート様はまるで本当の兄のようで、私にもお兄様がいたらこんな感じだったのかもしれない。

晩餐は和やかに終わり、両親とヴァルクは退室した。ちなみに部屋は二階の陽当たりのいい所を選んでくれたらしく、両親もヴァルクも喜んでいた。

公爵邸は広い。伯爵邸の二倍はあろうかという広さで、応接間、談話室、多目的ホール、はては教会から舞台まで王城並みの施設が揃っている。

けれど、ヘルフリート様はこんな広い屋敷に当主として一人、しかも使用人は十数名という少なさだ。生活魔法でお掃除や洗濯はできるといっても、この広い屋敷内にたった一人は寂しそうだな、とちょっと思ってしまった。

「アストリア」

「は、はいっ」

物思いに耽っていると、ヘルフリート様に呼ばれて慌てて返事をした。

「その、今夜の事なんだが」

「……はい」

そう、今夜は結婚して初めての夜である。一般的な夫婦は、その、つまり。

いわゆる情熱的な夜となるのだろうけれど、私とヘルフリート様は物理的に無理。試行錯誤すれば方法はあるかもしれないけれど、そこまで無理にする仲でもない。

だからと言って結婚初夜に共に過ごさないのも不自然なもので。恥ずかしながら両親の手前もある訳で。いや、でもこれは契約結婚だと知られているから気にしなくていいはずで。

(こ、こういう時他のご夫婦はどうしているんだろう。カロリーナお姉様、助けて……！)

脳内で一人あわあわしていると、ヘルフリート様が口を開いた。

「アストリア、話があるからこの後部屋に行く」

「わ、分かりました」

「だ、大丈夫だ。防音魔法をかけるし、いや、内密な話ではあるが決してやましい事ではない！」

「は、はい、分かりました……」

ヘルフリート様は早口でまくし立てた。「じゃあ、後で」と立ち上がり、椅子を倒し、その椅子で転びかけ、テーブルの脚に足の小指をぶつけたらしく、悶絶しながら退室した。

「だ、大丈夫かしら……」

そうして時間差で部屋に戻り、一息吐いたところで廊下側の扉が叩かれた。

「すまない、失礼するよ」

緊張した面持ちのヘルフリート様は、夜だというのにきっちり上着まで着ていた。

「防音魔法はかけるが扉は開けておくから」

そう言って魔法を唱え、ソファに向かい合わせに座った。

「初日が終わったが、問題ないだろうか？　不便はないか？」

「ありがとうございます。両親と弟も喜んでいます」

「きみはどうだろうか」

「……私も、不便はありません」

「そうか。急に連れてきてしまったから気になっていたんだ。何かあったら遠慮なく言ってくれ」

……すごく気を遣ってくれているのは分かるけれど、少しもやもやする。

「ヘルフリート様は女性皆にこんなにお優しいのですか？　とても慣れているようですが」

言った後で、ハッと口元を覆った。すぐに元に戻ったけれど、一瞬彼の表情が強ばったからだ。

「す、すみません、失言でした……」

「いや、構わない。……過去の事があるからだろう？」

そう言った瞳はなんだか憂いを帯びていて。きっと私には想像もつかない事情があるのだろう。

「……言い訳かもしれないが、聞いてくれるか？　聞き終えて、もし生活する上でも俺に触れられたくないと思ったら教えてほしい」

私はこくりと頷いた。それからヘルフリート様はぽつりぽつりと話しだした。

「黒髪、黒目で産まれて、生家から不吉だと捨てられ、ここに引き取られた。幸い闇属性ではなく魔力なしだったから、養父の勧めで剣を始めた。その後……初恋の女性に出会ったが、なぜかその子の事を忘れてしまったんだ。思い出した時にはその女性には婚約者がいた。いろんな感情が混ざり合ってぐちゃぐちゃになって、魔力が発動して、闇属性となったんだ」

ヘルフリート様は一旦言葉を切り、目を伏せ拳を握った。

「その後は荒れた。最初に顕れた闇の特性は破壊衝動で、触れるもの全てを壊してしまった。一時期はこの家の物を壊しまくった。本能のままに……理性なんかなくなっていた。そのうち社交界デビューをして、……年上の女性から誘われて、関係を持って。破壊しなくなったと思ったら今度は衝動がそちらへ向かった」

絞りだすように話す表情は、苦しげだ。

「ただ、忘れたかっただけなんだ。自分の中にいる初恋の女性の姿に上塗りしたかった。手を伸ばしてはいけないのだと、思っていたから。求めたら、彼女を壊してでも手に入れたくなるから。女性たちとは割り切った関係で、誘われれば基本断らなかった。本当にほしい人は手に入らないのに、と全てが虚しかった。気持ちもないのに関係をもてる自分を嫌悪して、帰宅して吐いて、それなのに止められなくて……やはり言い訳にしかならないな。我ながら最低だ」

顔を歪ませ、力なく笑うヘルフリート様を、醜いだとか汚いだとかは思えなかった。きっと彼は、過去の自分を、未だに責め続けているから。

「多分俺はその時に彼女に想いを伝える権利を失った。そうして少しずつ自分を壊して、ある時全てを諦めればいいんだと気付いた。それで、ようやく衝動を克服したんだ。以来、女性関係は全くない。誘いを断るようになったら皆あっさり引いていったよ。もう三年以上も前の話だ」

「……そうでしたか」

「……すまない、こんな男で」

私は自嘲したヘルフリート様を見やる。

「確かにヘルフリート様は女性の敵だ、最低の塵芥《じんかい》だ、と罵れたらいいのでしょうが。……穢《けが》れてなんていませんよ」

属性の特性が発端なら仕方ない。負の感情が顕著になるのは、闇属性が嫌われる理由の一つでもあるのだ。

「属性の特性は自分でどうにかできるものではありませんし、私は過去の事は気にしません。もう終わった話でしょう？　とはいえ今後、そういった事で煩《わずら》わされるのはご遠慮願いたいですがね」

そう何度も女性関係で悩みたくない。もう懲り懲りなのだ。

「今はもうない。それだけは信じてほしい」

後悔するように、くしゃりと無造作に髪を掻き上げるヘルフリート様はちょっとだけ色気があって、なるほど、これは女性が放っておかないわ、と思ってしまった。

「ヘルフリート様、握手をしましょう」

私が手を差し出すと、ヘルフリート様は目を見開いた。私の言葉の真意を測りかねているように。

「貴方は穢《けが》れていません。私は貴方に触れたいです。だから、その手袋を取ってください」

「……っ、これは」

「大丈夫です。気にしないって言ったでしょう？　これからよろしくの意味も込めて握手をしたいのです。手袋をしたままは嫌ですよ？」

「——っ」

カロリーナお姉様直伝、上目遣いのおねだり攻撃。こうすれば旦那様は何でも言う事を聞いてくれるらしい。

それからヘルフリート様は躊躇《ためら》いながら手袋を外した。骨張った手が差し出され、そっと握られる。温かくて、少しだけしっとりしていて、何だか恥ずかしくて心臓が跳ねた瞬間だった。

パシン……そんな音がした気がして、私の髪はなぜか白銀に戻っていた。呆気に取られて彼を見ると、同じく呆然としている。

「ん？　あれ？」

ヘルフリート様と手が離れる。少し寂しい気がしたけれど、それより何度も自分の手と私を見比べる彼が何だかおかしかった。

「白銀の方が姿変えなのではないのか？」

驚いたように言うので、戸惑ってしまう。アリストとしていろんな属性の魔法を使うところを見ていたはずなのに、勘違いしていたのだろうか。

「こちらが、本当の姿です」

そう言うと、ヘルフリート様はこぼれ落ちそうなくらい目を見開き、ついでに口も大きく空けた。

「す、すまない、そうだったのか！　いや待て、教皇派に見つかるといけない。姿隠し『セクレト』！　あっ、しまった、全く見えない！　すまない、ちょっと手を握って貰えるだろうか」

わたわたと慌てて私に姿隠しの魔法をかけて、全く見えなくなってしまったらしい。その様子があまりにもおかしくて、ついに私は笑いを堪えきれなくなった。

「ふ……ふふっふふふっ」

「からかってないで出てきてくれ！」

もう少しこのままでもよかったけれど、あまりにも必死な様子がかわいそうになって、ヘルフリート様の手をそっと握った。

私の姿が現れると、ヘルフリート様はホッとした表情を見せ、眉を下げた。

「よかった。一生きみの姿が見られなくなるかと思った」

「大げさではないですか？　解除の魔法もありますのに」

「あるにはあるが、俺は闇属性しか使えない。手袋をしているのは、触れたものの魔法を無効化してしまうからなんだよ」

それは意外な言葉だった。髪色から水属性も使えるだろうと思っていたが。

「そう言えば闇属性なのに、どうして髪色は濃紺なんですか？」

ヘルフリート様は少しだけ目を細めた。

「これは……闇属性だと分かった時に、養母が自身の色の蒼を分けてくれたんだ。姿変えの魔法ではなく、『祝福』の類だと言われたな」

『祝福』——それは『呪い』と反対の性質を持つもの。

魔法は魔力だけでなく、想いの力を元にしている。想いが強ければ強い程、それは一時の魔法ではなく、祝福や呪いにまで昇華される。『愛』が強ければ祝福に。『憎』が強ければ呪いに。

おそらく、ヘルフリート様のお母様は真に彼を愛し、祝福を与えたのだろう。

「……素敵なお母様でしたのね」

「……ああ。俺が荒れた時にも両親は根気良く窘《たしな》めてくれたよ。血の繋がりもないのに……」

「ヘルフリート様を愛していたのですよ。貴方の幸せを、願っていたのではないでしょうか」

血の繋がりはなくても、共に時間を重ねたら家族になれる。彼のご両親は、素晴らしい方々だったようだ。ご存命のうちにお会いしてみたかった。

「何だか今日はヘルフリート様の事を沢山知る事ができましたね」

「つまらない話ではなかったか？」

「とても興味深かったですよ？」

「そうか……。……いや、きみこそ、そちらが本来の姿だとは思っていなかった」

「ヘルフリート様も、こっちの方がいいですか……？」

言いながら、私はひっそりと攻撃アップの魔法をかけた。

「髪が何色でも、きみはきみで、何も変わらないだろう？　常に前を向いて、輝いて、皆に希望を与え、優しく、時には厳しく。けれど、少しばかりうっかりなところがある。きみは、どんな姿になっても素敵な女性だよ」

ヘルフリート様は目を瞬かせ、なぜそんな事を聞くのかという風に首を傾げる。

見た目じゃなくて私の中身を見てくれている事に嬉しくなった。

「わ、私、そんなにうっかりなところがありますか？」

「ああ、……転移魔法を使っただろう？　あれがきみと白銀の君が同一人物だという決定打になったよ。風属性は赤茶の色じゃ使えないからな」

そういえば、これがきっかけでブラントはヘルフリート様に問い詰められたと言っていた。

「……としたら、そうか。確かに白銀の方が本来の姿のはずだよな」

ヘルフリート様は自分の勘違いに気付いたようで、一人でうんうんと頷いている。

「俺としてはどちらの姿でも構わないが、きみはどちらの方が過ごしやすい？」

「姿変えは結構面倒なので、できれば本来の姿がいいかな、と」

そんな事を聞かれるとは思わず、戸惑いながら希望を伝えると、ヘルフリート様は力強く頷いた。

「分かった。屋敷全体に姿隠しの魔法をかけよう。それならば今のままでいられるだろう。こちらの使用人には俺から口止めをするが、伯爵家の方は……」

「あ、……全員知っています」

思わず、ドレスをギュッと握った。

「ならばせめて邸内くらいは自由にしてくれ。魔法は常時作動させておく」

（クリス様は白い髪のエミリア様に心変わりしたし、誰もが聖女を神と同じ色を持つ者として崇めるのに）

その変わらない態度が、ありがたかった。不意に、頬を雫が伝う。

「アストリア⁉　どうした⁉　す、すまない、その、きみに泣かれたら俺は、いや、そのっ」

ぽろり、またぽろりと伝うものに慌てるヘルフリート様を見て、何だかおかしくなってきた。

「ふふっ……。ふ……ふふふ……」

泣きたいのか、笑いたいのか、よく分からなくなってしまった。ヘルフリート様は懐からハンカチを取り出し、「失礼」と声をかけてから私の涙を拭ってくれる。

「今日はおまじないをかけてくださらないのですか？」

「きみが望むなら、いつでもかけよう」

そう言って笑うから、張り詰めたものが一気に緩み、私はまた泣いてしまった。

しばらくオロオロしていたヘルフリート様は、躊躇《ためら》いがちに頭を撫でてくれた。

壊れものを扱うように、ゆっくりと、優しく。それが何だか嬉しい。

彼に頼りすぎてはいけない。甘えてはいけない。いつか、この婚姻は終わらせなければいけない。

……そう思うのに。選ばれない事には慣れたはずなのに、いつの間にか、私の中に何かが芽生えて。どうしても、それを摘み取りたくない自分がいる事を自覚し始めていた。

「そうだ、大切な話を忘れるところだった」

ヘルフリート様が咳払いをして、姿勢を正した。

「今度、貴族派の会議があるんだ。きみも来てみないか？」

「会議……ですか？」

「ああ。今後の方針を固める話をする。よければきみも話を聞いてみないか？」

その言葉に私も姿勢を正した。非常事態が宣言された以上、王家の粛清についての会議だろう。

もう、戻れないのだろうか。クリス様は、私の知らない人みたいになってしまった。

「殿下は呪龍の呪いを受けて、闇属性になったようだ。自分の過去を見ているようで放っておけない。何とか話し合う機会を作りたいんだ。俺が貴族派と王家の間に立って仲裁しようと思う」

決意したような眼差しで、ヘルフリート様は語る。私もかつて愛した人がこのまま滅び行くのをただ見ているのはしのびない。

「分かりました。私も一緒に行きます」

どういう話がなされるのかは分からないけれど、少しでも反省の意思があるならば、と思った。

「ありがとう。……あと、明日、使用人というか、護衛を紹介するよ」

「護衛？」

私の護衛は相変わらず侯爵領にもついてきたブラントだ。

自衛もできるし、一人でも大丈夫だけどな、と思ったけれど。

「最近雇った結構強い奴でな。ちょっと抜けてるけど、勘もいいし、性格も明るい」

何だろう。ヘルフリート様の言う人物に心当たりがあるような、ない様な……？

「じゃあ、話も終わったし、俺は失礼する」

「お話、ありがとうございました」

二人でお辞儀をし、立ち上がったらヘルフリート様がテーブルにスネを打ち付けてしまった。

「いっ」

「大丈夫ですか⁉　――っあっ」

蹲《うずくま》る彼の傍に駆け寄った私まで、ドレスの裾を踏んで前のめりになった。ヘルフリート様は気付いて支えようとしてくれたけれど間に合わず、私が彼を押し倒したようになってしまった。

「す、すみません！」

慌てて身体を起こすと、彼の黒い瞳と視線がかち合った。大きく見開かれた瞳と、爆炎龍の身体のように赤い顔。硬直したヘルフリート様は微動だにしない。

「ヘルフリート様……？」

首を傾げて見ても、やっぱり動かない。顔の前で手をひらひらと振ってみると、ヘルフリート様はハッとして身体を起こした。

「わわっ」

ヘルフリート様の足の辺りに座り込んでいた私が後ろに倒れそうになったところを、彼が背中に腕を回し、自分の胸に抱き寄せた。

離れなきゃ、と思って立ち上がろうとすると、ぐっとヘルフリート様の腕に力が入る。

「ヘルフリー……」

「好きだ」

はっきりと耳に届いたそれは、私の胸に早鐘を打たせた。

「本当は、ずっと、好きだったんだ」

噛み締めるように、絞り出すように、言葉が紡がれる。

「何度も忘れて、気持ちに蓋をしても……、どんなきみでも惹かれてしまった。茶会で初めて見た時から、王立図書館できみが勉強に励んでいる時も、魔物討伐で動き回る時も。ようやく忘れて、新しく、いい人がいると思っても、それはきみで……」

先程の彼の話と――重なる。まさか、彼の初恋の女性って……？

「ヘル――」

「応えなくていい。すまない。言うまいと思っていたが、触れるとだめだった。どうしても欲深くなってしまった」

ヘルフリート様は私の肩に額を乗せて、自嘲するように力なく笑った。

「きみに好かれようとは思っていないんだ」

「ヘルフ――」

「好きな男ができたら言ってくれ。追い縋るような真似はしたくないから今度こそ忘却の魔法を――」

「ヘルフリート様！」

矢継ぎ早に言うヘルフリート様の頬を両手で挟み、しっかりと目を合わせる。

「ちゃんと、私を見てください」

覗き込んだ黒い瞳は捨てられた子どものように、頼りなげに揺れていた。

「私は、婚約者に裏切られて、正直もう恋愛ごとはいらないと思っています。また、裏切られるのは嫌だから」

ヘルフリート様の顔が悲痛に歪む。私の痛みを共有するかのように。

「でも、貴方の事は信じたいと、信じられると思いました。自分の忘れたい嫌な過去を、隠さずに伝えてくれました。本当なら知られたくない事を、曝《さら》け出してくれた。それは私を信用してくれたからでしょう？」

自分は醜い人間です、と自ら弱点を見せる人はどれくらいいるだろう。

誰だって嫌われるような事は知られたくない。消せない過去の過ちもその人を形成するもので、どうしても色眼鏡で見てしまうから。

けれど、後から出されるより先に言ってくれた方が、ずっといい。後戻りできなくなってからこうでした、って言われる方がよほど裏切られた気持ちになるから。

自分の過去を伝えた上で、私に選ぶ権利をくれた。それが、嬉しかった。

「私、言いましたよね？　白い結婚、上等です！　って。貴方の呪いも気にしません。全てが終わったら、呪いを解く方法を探しましょう？　……だから、もう、自分を責めないで」

揺れる黒い瞳が、信じられないとばかりに大きく見開かれる。

「私は貴方と向き合いたい。沢山お話ししましょう？　貴方が私を選んでくれるなら、私はこれを最後の結婚にしたいです」

そこまで言うと、私の手に、ヘルフリート様の手が重ねられた。

「貴女は……いつも、俺を救ってくれる。真っ暗な中に差し込む一筋の光のように。だから、貴女に惹かれて止まないんだ」

その眦《まなじり》からぽたりと雫がこぼれ、私の手を濡らした。

「私だって、婚約者に裏切られた傷者です。最初の結婚もなかった事になりました。それでも貴方は、私を選んでくれますか？」

それは、願い。重ねられた手の温かさが、私の心まで温めてくれる。

「貴女は傷者ではない。俺は、貴女以外を選ばない。貴女を守り、貴女の心も守りたい。愛しているんだ。貴女が側にいてくれたら、それだけで嬉しい」

その言葉が、嬉しくて、切なくて、止まったはずの涙が溢れてくる。

ヘルフリート様がぎこちなく、指の背で雫をすくい取る。愛おしむように、慈しむように。

まだ、芽生えた気持ちがどうなるかは分からない。予言の通り、きっとこの国は大きな転換期を迎える。それでも――今だけは、この温もりを感じていたかった。


翌朝、起こしにきたアイラと身支度を整えると、ヘルフリート様が迎えにきてくれた。

「朝食の準備が出来たから、食堂に行こう」

「侍女の案内がありますのに」

「俺が早くきみに会いたかったんだ。じゃあ、行こうか」

たった一晩しか経っていないのに、この変わり様。

確かに昨日までも優しく接してくれていたけれど、そこに甘さが加えられて朝からどうしたらいいか分からない。

『愛しているんだ』

思い出して顔が熱くなる。あんな風に言われたのは初めてだった。クリス様から向けられる気持ちは穏やかだった。ヘルフリート様は、苛烈で、情熱的で、力強くて……

昨夜の熱のこもった黒い瞳を思い出して、火照る顔に手を当てた。

そのままヘルフリート様による至れり尽くせりの朝食を終えると、昨晩言っていた護衛の人がいるという場所に案内された。

「今頃は訓練場にいると思うから」

公爵邸本邸の庭の一画に護衛の人たちの訓練場がある。ヘルフリート様も騎士になるためにここで訓練したりしたのかしら。

覗いてみても、訓練場に人影はない。休憩所を兼ねた建物の中から声がしたので扉を叩いた。

「はーい」

……気のせいかしら。何だか聞いた事あるような声がするわ？

ガチャリと扉を開けると。

「おっ、アスっちじゃん！　よっ」

呑気に挨拶をした男性の顔を見て、私は扉をそっと閉めた。

「入らないのか？」

「ええ、……ちょっと」

そうよね、護衛の方に挨拶をしなければならないわよね。でもなぜだろう。このまま閉めていたい気持ちになるのは。

「？　開けるよ？」

不思議そうな表情のヘルフリート様は私が閉めた扉を開けた。その先には呑気な顔をした男——ノエルが立っていた。

「アスっち酷いじゃん。俺傷付いた」

うるうると焦げ茶の瞳を潤ませて、ノエルがよよよとしなだれかかってくる。明らかに演技だけど、相変わらず隙がなくてその正体の謎が深まる。

「どなたかと思えばノエル様。ご機嫌うるわしゅう存じますわ。で、どうして貴方様がここにいらっしゃるのかしら？」

貼り付けたような淑女の笑みで一礼した。軽すぎる彼のノリについていこうとするだけ無駄だ。

「俺、爆炎龍と戦った後ヘルっちにスカウトされたんよ。困っちゃうよねぇ、人気者は辛いよ」

不敵に笑うけれど、冒険者ギルドでノエルの話を聞いた事はなかった。誰が人気者だというのか。

「お帰りはあちらですよ、ノエル様」

「酷い！　でもそんな塩辛アスっち嫌いじゃない。俺、なんかに目覚めそう」

ゾワッ。やはりノエルにはペースが乱れさる。

「アストリアはノエルが苦手なのか？　侯爵領では一緒にいたようだから、護衛にちょうどいいと思ったんだが……」

私たちのやり取りを見ていたヘルフリート様は、顎に手を当てて見ている。

「そうですね。彼の実力は認めますが……何せこの方無鉄砲でしょう？　いくら魔力が豊富でも援護する私にも限度があるのですわ。あと口調が軽すぎます。あ、今日は新たに変態気質だと言う事も判明しました。爆炎龍に二回も焼かれる物好きですから、最初からなのかもしれませんが」

「ぐっ、言い訳も反論もできない……」

気まずそうな顔をしたノエルは縮こまってしゅんとした。

「私の護衛はブラントのみで構いませんわ。ノエルにはヘルフリート様のサポートをお願いするのはいかが？」

「いや、その必要はない。……ノエル、世話になったな」

「ぎゃっ、ヘルっちまで⁉　俺クビ⁉」

スパッと言い切ったヘルフリート様にノエルは焦り出した。

「ちょい待ち。ヘルっち」

ノエルがヘルフリート様に何やら耳打ちをしている。ヘルフリート様は難しい顔をしたり固まったり顔を赤らめたり。聞き終えた彼は、こほんと咳払いをした。

「あー、アストリア。まあ、きみの護衛にしないなら、引き続き公爵家の護衛にするよ」

「そうですか」

「まぁ、彼も腕は立つからな、うん」

ノエルはにひっと笑い、親指を立てた。

「改めまして、ノエルと申します。得意な武器は槍。属性は見ての通り土。以後お見知りおきを」

そう言って胸に手をあて、きれいな所作で優雅にお辞儀をした。

実はどこかの高貴な人なのかもしれない。ノエルが丁寧な言葉遣いだと違和感しかないが。

「さて、アストリア。俺はそろそろ王宮に行くよ。暇なら公爵家の図書室に魔法に関する本があるから読むといい」

「ありがとうございます。ぜひ読ませていただきますね」

今日は何をしようか悩んでいたからよかった。読める本を探して、後でヴァルクの勉強も見てあげよう。

「じゃあ、行ってくるよ、奥さん」

頭の中で今日一日の計画を立てていたら、ヘルフリート様が私の手に口付けた。

「い、行ってらっしゃい……ませ？」

「ふはっ。なんで疑問形なんだ」

不意打ちは心臓に悪い。笑顔の眩しさで目が潰れてしまいそうだ。

「じゃあ行ってくる」

ヘルフリート様は甘い顔から一瞬にして騎士団長の顔になった。

「俺、存在忘れられてね？」

去り行く彼の後ろ姿から目が離せない今の私には、ノエルの呆れ声は届かなかった。

第六章　貴方が選んだのは……

ヘルフリート様が王宮へ向かってから、私は早速図書室を訪れた。

「こちらでございます」

「ありがとう」

公爵家の侍女――キーラさんに案内して貰う。使用人たちは私の髪色を見ても表情一つ変えない。

「旦那様から伺っておりますから」

キーラさんはゆったりした笑みを浮かべた。

ヘルフリート様が本当に使用人たちに周知してくれたんだ、と実感して胸が温かくなった。

「えっ、と……あったわ」

図書室に入って本棚を見て回る。古いものから新しいものまでまんべんなく揃えられていた。

その中で、私が手にしたのは闇の魔法の魔導書。

使えないまでも知識はあった方が良いと思ったのだ。ヘルフリート様が闇属性ならきっと本が置いてあると思っていた。

これまでは、闇の魔法には負のイメージを抱いていた。

けれど、彼に出会って闇属性の人は抱えきれない程の絶望を内に秘めていると知った。だから怖がってばかりじゃなく、知りたいと思った。

夫となった人が闇属性で、これから先も共にあろうと思うならば尚更。

ぱらりと魔導書をめくる。

『洗脳』『破壊』『憑依』『傀儡』『奪取』『隠蔽』『老化』『欺瞞』『消滅』……様々な怖ろしい魔法の言葉が並ぶ。そして、『即死』。

闇の魔法使いが嫌われる理由はたくさんあるが、即死魔法が使えるから、というのもその一つだ。

とはいえ魔法は誰でも最初から使用できる訳ではなく、自ら覚えないと使えない。覚えなければ良いのだけれど、特性で悪感情を増幅されやすい闇の魔法使いのほとんどが覚えてしまうそうだ。

まあ、人の理から外れる生と死を操る魔法には代償もあるから、使う事はほぼないだろうけれど。

「……これは」

それは闇属性の中でも比較的優しい魔法、『ソンブル・ルークステラ』。

部屋に星空を映す魔法だ。ぱらりとページをめくる。

『ソンブル・モーントシャイン』。こちらは月が出る夜を再現する魔法。

「幻想的だわ……」

月は闇の中でないと輝けない。星もまた、しかり。闇が無ければ光は輝けない。闇属性魔法の全てが悪いものではないという、当たり前の事を私は改めて突き付けられた気がした。

「闇属性だからといって最初から避けていては、星や月の輝きすら見逃してしまうのね」

ある一面が前面に押し出され、それしか見ていないと、それが持つ良さに気付けない。それが全てと思い込んで、大切なものを見失う可能性もあるだろう。

例えば火。全てを焼き尽くす荒れ狂う炎は、寒い季節は暖を取るものだし、煮炊きをする際には欠かせないものだ。

例えば水。全てを押し流す力があるそれは、渇いた喉を潤し、汚れを洗い流すものだ。

例えば風。全てを薙ぎ倒すそれは、季節の薫りを運び、暑い時には涼をもたらす。

例えば土。大地を揺るがすそれは、作物を育み私たちの食を支える。

そして、光。強すぎる光は目を眩ませるが、闇にあっては希望となり支えとなる。

闇もまた、全てを覆い隠し、光を際立たせるものである。

良い面、悪い面。善と悪。全てが悪い訳ではない。全てが良い訳でもない。

「ふう」

魔導書を数冊読み終え、一息つくとキーラさんがお茶を持ってきてくれた。

「お疲れ様です、奥様」

「ありがとう」

お茶を飲んでいると、キーラさんからの視線を感じた。ちらりと目を向けるとにこにこ笑ってこちらを見ており、何だか気恥ずかしい。

「キーラさん、何だかずっと見られているような気がするのだけれど……」

「も、申し訳ございません」

「それは構わないわ。でも、ずっと笑顔で見られてちょっと、恥ずかしいと言うか。何かご用があるなら聞きたいなと思って」

キーラさんは顔を俯けて、とぎれとぎれに言った。

「申し訳ございません。その、あまりにも、嬉しくて……」

「嬉しい……？」

聞き返すと、困ったように微笑んだ。

「旦那様は独身を通されると思っておりましたので、素敵な奥様がいらっしゃって使用人一同とても喜んでいるのですよ。私もつい、喜びが出てしまいました」

「え……」

「勿論今回の事情は伺っております。ですが、……私共の我儘でございますが、奥様には長くいていただきたいと願っております」

キーラさんの言葉に、私は思わず目を見開いた。歓迎された事が単純に嬉しかったし、驚いてしまった。

「私で良ければ、こちらこそよろしくお願いします」

頭を下げると、大慌てのキーラさんから恐縮され、最後には二人して笑ってしまった。

夜になって、ヘルフリート様が帰宅した。

「ただいま」

「お帰りなさいませ」

何気ない日常があるのは、きっと幸せな事だ。この先何があっても、この優しい時間の記憶が、心の支えとなるだろう。

「貴族派会議の日取りが決まったよ。三日後だ」

◇　◇　◇

貴族派会議の当日、ヘルフリート様と私はクロイツァー公爵家の馬車で会場へ向かった。ちなみに姿変えの魔法を使っているから外ではいつもの赤茶色の髪だ。

貴族派を取りまとめている公爵家は全部で三つ。ローゼンハイム、カレンベルク、クロイツァー。いずれもかつては王家としてこの国を治めていた。

現在の王家シュナーベルも、以前の王族カレンベルクを打ち倒す前は公爵家だった。カレンベルクもまた、ローゼンハイムを倒し、ローゼンハイムもクロイツァーを倒し、と歴史は繰り返されている。

時の王は全てが賢王ではなかった。ある時には悪政を敷き民を苦しめ、またある時には暇つぶしと言わんばかりに身勝手な婚姻を押し付けた。その度に貴族派が王の命令を打ち消せるような法案を作ったため、現在の法律は多岐にわたる。

クラウスとの婚姻を無効にできると考えられた『一年間夫婦関係が無ければ離婚ができる』というのも、王命により望まぬ結婚をさせられた夫婦を救うためにできたものだ。

王家に問題があれば貴族派がその存続を問う。問題有りとされれば教皇派の許諾を得て公爵家の中から次の王が立つ。時の王家は処刑され、縁者の中から誰かが新たな公爵となるのだ。

いつでも公爵家が目を光らせ、交代できる立場にいる。エーデルシュタインの歴史はそのようして紡がれてきたのだ。

そして今、この議場で歴史は繰り返されようとしている。

「此度のシュナーベル王家の暴挙について、存続を問う事に異議はあるか」

「ございません」

「王太子殿下は身勝手に魔物討伐に赴き、婚約者がおられるにもかかわらず聖女と情けを交わした。看過できるものではありません」

「その後側近との結婚を命じられた。まさに人とは思えぬ所業、為政者として相応しくありませんな」

「現在では未婚の令嬢すら召し上げる暴挙」

「しかし殿下は呪龍の呪いと聖女の魅了に侵されていると聞きます。解呪すれば元に戻るのでは」

「いや、あれが本性だろう。そうでなければいくら闇に染まってもあそこまでの事はせんよ。それに、呪龍の呪いは解呪方法がない」

議場では様々な意見が出ていたが、概ね王家の交代を要求する事で既に一致している。

反省を促す事を提案できる雰囲気では無さそうで唇を引き結んだ。

「して、当事者のベーレント伯爵令嬢……いや、クロイツァー公爵夫人はどう思われますかな？」

顔に深く皺を刻んだ深い青の髪のカレンベルク公爵が私に話を振った。

あれだけ有無を言わさぬような空気だったのに問いかけるのか、と公爵を見据えた。

「現在王家は魅了魔法の影響下にあり、これは異例の事態です。魅了魔法を跳ね除け、改善する気があるならば臣下として支えていく道もあると思います」

カレンベルク公爵は厳しい視線を投げかけた。私の言う事はきっと甘い判断なのだろう。

「王家の悪政は我々、そして民に直結する。特に王太子殿下は放蕩三昧で、王都の民は王家に愛想を尽かしているぞ」

「ですが、粛清となれば血が流れましょう」

「公開処刑が妥当でしょうなあ」

その言葉に思わずびくりとした。断頭台に晒される殿下の姿を、想像したくなかった。

「その前に一度は話し合いの場を設けるべきです。血を流す粛清もまた、民の気持ちを無視する事になりましょう」

甘いと言われても、できれば穏便に解決したい。

「私が使者として立ちましょう」

ヘルフリート様が宣言する。

「現在の王太子殿下は正気ではありません。まず彼を正気に戻し反省を促しましょう。改心の余地があるならば、クロイツァーはシュナーベル王家を変わらず支持いたします」

その言葉に議会は一時しんとした。

「クロイツァー公爵、勝算はあるのかね？」

「正直分かりません。しかし、呪龍の呪いにより闇属性となった今、王太子殿下はおそらく苦しんでおられます。その特性の辛さは本人でないと分かりませんが、助けを求められるなら力になりたいと思います」

ローゼンハイム公爵の問いに、ヘルフリート様は答える。

「ふむ。殿下が正気を失った原因は分かるか？」

「闇属性の特性で絶望に苛《さいな》まれたところに聖女エミリアの魅了につけこまれ……正気を奪われたのではないでしょうか」

「それがもし、仕組まれた事だとしたらどうだ？」

ローゼンハイム公爵が重々しく問いかけ、議会がざわついた。

仕組まれた……？　どういう事？

隣にいるヘルフリート様をちらりと見ると、彼も初耳らしく、小さく頭を振った。

「どうぞお入りください」

ローゼンハイム公爵の言葉の後、小さく足音が響く。

そこに現れたのは、先日婚姻の承認をしていただいた聖女様だった。

「聖女ブランシュ様。御足労いただきありがとうございます」

「構いませんわ。教会としても、これ以上好きにさせる事は望みません」

たおやかに微笑み、聖女様は答えた。

「皆様驚かれましたよね。お初にお目にかかります。聖女の座を賜っておりますブランシュと申します。此度の王家の事、真相をお話しいたします」

真相……？

戸惑う私たちの前で、ブランシュ様はひと呼吸置いて話し始めた。

「まず、今回の件、仕掛けたのは教皇ルーファス・ブラッドです。彼は前国王の子ですが、黒髪だったために死んだ事にして、そちらのカレンベルク公爵家に養子に出された者ですわ。……すぐさま教会に預けられたようですけれど」

カレンベルク公爵は厳しい顔でブランシュ様を睨みつけた。あまり良い事情で預けられた訳ではないようだ。

「王太子殿下を罠に嵌めたのは教皇ルーファスです。聖女エミリアを使って王太子殿下を誘き寄せ、呪龍を召喚して死の間際の呪いをかけさせる。結婚を控えた王太子殿下は幸せの中にいて、呪龍の『幸福への大切な何かを奪う呪い』がよく効いた事でしょう。呪いは殿下を蝕《むしば》み、そこへエミリアに搦め捕られた、と申せば一考の余地はありまして？」

な、に、それ……。思わず手が震えてしまう。

「殿下の意思ではないと言う事か？」

「だが魔物討伐に赴いたのは殿下のご判断で……」

戸惑いと驚きで議会がざわつく。

私は当時の事を思い出し、俯いてしまった。手が冷たくなり、震えるのをきつく握り締めた。けれど、その手が温かな感触に包まれる。

ハッとして上を向くと、真面目な顔をしたヘルフリート様と目が合った。

「静粛に。では決を取る。一度王家との話し合いの場を設ける事に賛成の者は挙手を」

おずおずと、数名が手を挙げる。それが過半数を超え、――カレンベルク公爵は舌打ちをし、ローゼンハイム公爵は頷いた。

「ではクロイツァー公爵を使者とする。王太子殿下の説得をよろしく頼む。但し改善の余地がない場合――正気に戻っても反省がない場合は、粛清対象となる可能性も否定できない。その時は……受け止められよ」

「かしこまりました。使者の任、承ります」

ヘルフリート様が一礼して、貴族派会議は終了した。


「きみも……来るか？」

帰りの馬車で問われる。私が行って、殿下を刺激しないとも限らないけれど。

「……殿下を、……説得できるなら……」

迷いはある。けれど、きっとクリス様と会えるとしたら、これが……

「分かった。本来なら止めるべきなんだろうがな。止めてもきみは止まらないだろうから先に言っておく。今の王太子殿下はきみが知る殿下だと思わない方が良い」

クリス様が断頭台にかけられた風景を想像して、今のままではいけないと思った。

かつては結婚を約束し、愛していた人でもある。何かできる事があればと思ったのだ。

「甘い、でしょうか」

「そうだな」

即答された事にぐっと言葉を詰まらせた。

「分かった、と仰ったではないですか……」

「きみの意思は分かった。それに俺は反対しない。きみを連れて行かずに、お飾り妻人形を置かれて勝手に王宮に来られるよりはマシだ」

反対された時の行動パターンまで読まれていたとは。行動を先読みされてはぐうの音も出ない。

「私という人間をよくお分かりですね」

「きみを何年見てきたと思っている。無意識にでもきみに惹かれる男だぞ」

「私が男でも？」

「ああ。……きみ以外にようやく惹かれる相手が見つかったと安堵していたら、やっぱりきみだったというオチ付きだがな」

再び告白されてまた、ぐっと言葉を詰まらせた。

「止めはしない。だが奪われもしない。きみが行きたいと言うなら最善策を考えるまでだ。だから、ノエルも連れて行く。きみは……風属性を装うのがいいだろうな。いざという時すぐに逃げられるように。ああ、呼び名も変えようか」

「赤茶ではだめなのですか？」

「王太子殿下の妾になりたいなら止めはしないが」

ここまで言われてはもう何も言えない。ヘルフリート様は私に甘いだけではなかった。

「怒っていますか？」

「いや、怒りはしない。まあ、きみらしいな、と思ったが」

「私らしい……？」

ヘルフリート様は優しい笑みを浮かべて頷いた。

「今はどうあれ、過去に愛していた男がみすみす処刑されるのを見過ごせない優しさを持つきみらしいな、と。向こう見ずな無鉄砲さもあるけどな」

……完敗だわ。もうこの方には何も言えない。何も隠せない。全て見通されている。

確かに私はクリス様を救いたい。それは私の甘さで、でも、ただ処刑されるのを傍観できる程嫌いでもないのだ。確かに気持ち悪いし、また愛を乞われても全力でお断りなのだけれど、それでも、せめて、と思ってしまうのだ。

「アストリア、だからこそ、今の殿下を見て更生の余地があるかどうかを判断してくれ。説得はするが、闇属性に囚われた者は結局、自力で這い上がらないといけない。殿下にその力があるかどうか……諦めも肝心なんだ」

そう言ったヘルフリート様は、何かを決意するかのように目を細めた。

貴族派会議から数日後、私たちは王宮へ向かう馬車に揺られていた。

護衛は言っていた通り、ノエルとブラント。ブラントが私の隣に座り、その前にノエル。私の前にはヘルフリート様という配置だ。今日の私は言われた通り、髪を緑に変えている。

「緑も似合うな」

会うなりそう言われ、また、胸が疼《うず》いた。

「王城内は魅了魔法が充満している。とにかく気を強く持ってくれ」

「えー、気を強くってどうすりゃいーの？」

「誰か心に強く想えばいい」

そう言われてブラントは顔を赤らめ、ノエルは仏頂面をした。

「憎いやつでもいいん？」

「ん？　ああ、多分」

「りょーかい」

あの陽気なノエルの空気が変わる。よほどのお相手なんだろうな……

かく言う私も、強く誰かを想う……。顔を上げるとヘルフリート様と目が合った。

「きみはご家族を想うといいだろう」

当たり前のようにそう言われて、何だか寂しくなった。家族を想う、それは確かに有効なんだろうけど、でも、私の中には他にも強く想う人がいて。

「分かりました。……家族を想う事にします」

「ああ、それがいい」

夫も家族になるから、いいよね……？


王城の門を抜けると、不快な魔力の渦の中にいると感じた。

これは確かに、気を抜くと確かに持っていかれそう。

「……遮断『コルタール』」

あまりに強烈で、思わず遮断の結界魔法を唱えた。すっと気分が楽になる。

三人にも同じ魔法をかける。これでちょっとやそっとじゃ魅了されないはず。

「俺から離れないように」

ヘルフリート様から言われ、差し出された腕に手を添える。漠然とした不安で、思わずぎゅっと握ってしまった。

「ようこそお出でくださいました、騎士団長殿」

案内してくれた使用人の顔は無表情で、目は虚ろ。言い様のない不安が押し寄せる。

通されたのは謁見の間――ではなく、婚約白紙になった時と同じ部屋。あの時と同じ位置に、国王陛下、王妃陛下、王太子殿下がソファに腰かけていた。

あの時と違うのは、ディールス侯爵とクラウス、そして王太子妃殿下がいない事。そして、妃殿下の代わりに、赤茶色の髪の令嬢が王太子殿下の横にいる事。

異様な空気に既に帰りたくなったけれど、気を取り直して踏ん張る。前回は一人で立っていた。

でも今日は……ヘルフリート様が側にいる。

「よく来たね、クロイツァー公爵……」

虚ろな目をした国王陛下が口を開く。明るく朗らかな方だったのに。

「隣にいらっしゃるのは夫人かしら？」

瞳に光をなくした王妃陛下がゆっくりと呟く。王太子妃教育で行き詰まった時、厳しいけれど、優しく励ましてくださった。

足が震える。王宮内部の現状を目の前に突き付けられて、何度も唾を飲み込んだ。どうして、という感情と共に、許せないという気持ちが湧き起こった。

遮断の魔法をかけているのに、負の感情が簡単に増幅される。何か黒いものが心に巻きついてくるようだ。

すると、グッ、と手を握られた。びくりと肩が跳ねる。

隣に立つ人はじっと両陛下を見据えていた。

(そうだ、私は今、独りじゃない)

「この度結婚いたしました。妻の……リアトリスです」

「お初にお目にかかります」

ヘルフリート様の紹介で一礼する。両陛下は僅かに口角を上げ、王太子殿下は——退屈そうに欠伸をした。

「此度は、結婚の挨拶だけでなく貴族派の使者として参りました。皆様と私は非常事態宣言の規則に則り対等である事をご承知おきください」

両陛下と対峙したヘルフリート様は、貴族派から派遣されたという証書を提出した。二人はわずかながらではあるが魔法に抵抗しているようで、無表情で虚ろな目をしながらも頷いた。

「では国王陛下、王妃陛下、並びに王太子殿下。率直に申し上げる。今の事態をどう切り抜けるべきか意見を聞かせてほしい」

両陛下はわずかに身じろぎ、俯き加減に答えた。

「私は……王位を退く事で話を進めている」

「私たちの責任は重大であると承知しております」

その言葉に思わずドレスをぎゅっと握り締めた。

退位する事は簡単ではない。退位して、その後は？　どこかに幽閉？　それとも処刑？

平民として放逐されても民の鬱憤《うっぷん》が向かう恐れがある。ならばやはりどこかに幽閉……どこに。

「分かりました。両陛下の覚悟、しかと受け取りました」

「待って……」

震える手でヘルフリート様を掴む。けれど、今は手を重ねてくれない。甘やかしてくれない。

彼はずっと両陛下を見据えている。そこに甘さは一切ない。

それを見て、私はいかに自分が甘い考えでここに来たのかを突き付けられた気がした。

でも、それでも、何か道があるならば。

「お二方は……どうなさるおつもりで……」

「リア」

「王位を退く前に、更生の道があるはずです。努力して汚名を返上すればまた……っ」

そう言って二人の表情を見て、――自分の失言を恥じた。

「すまぬな……、ご夫人よ」

「ありがとう、優しき…………ァ」

それはかつての優しかったお二人で。王族として、国の混乱を招いた責任を取らねばならない。覚悟を決めた顔をされていた。

「申し訳、ございません……。失言をお許しください」

言ってはいけなかった。その覚悟を踏みにじるような事は。

「……ねえ、さっきからさ、きみ何なの」

俯いたところでクリス様の声が響く。ゆっくり顔を上げると、黒髪に金が交ざるまだら髪の男性がそこにいた。

「たかだか公爵夫人のくせに、王族に対して不敬だよ？」

「殿下、初めにお伝えした通り、現在は非常事態宣言下です。公爵家と王家が対等という規則は家族にも適用されるため、妻の発言は不敬にはあたりません」

「へえ？　ヘルはいつの間にか偉くなったんだねぇ。で？　何だっけ、リア……？　まあいいや、緑ちゃん。ヘルなんか捨てて僕の妾にならない？」

クリス様の言葉に思わず目を見開いた。隣にいる妾らしき令嬢は気にせずクリス様にしがみついている。この異常な様子に思わず身震いした。

「殿下、お戯れが過ぎます。リアは私の愛する妻です。殿下の妾になどさせません」

ヘルフリート様の地を這うような声が響く。彼はそう言いながら私の腰を自身に寄せた。

「あっはは、冗談だよ。緑の髪なんか興味ない。僕が欲しいのはアストリアだけだよ」

恍惚の笑みを浮かべ、クリス様は信じ難い言葉を吐いた。隣にいる令嬢の髪を、自身の指に絡めながら愛おしそうにするその光景が信じられなかった。

「昔話をしようか。幼い頃、この城で行われた茶会で僕は運命の人に出会ったんだ。一瞬で恋に落ちた。でも手掛かりは白銀の髪だけ。どんな顔かも分からない。それでもずっと忘れられなかったよ。婚約者ができてからも、ずーーっと。……でもね、僕の婚約者は可愛かったんだ。優しくてちょっと抜けてて元気で。だから、その子を好きになったんだよ」

在りし日を想うように、クリス様は語る。お城のお茶会って、まさか……？

「彼女に不満があるとすれば、白銀の髪じゃないってくらい？　彼女が白銀なら良かったんだ……」

そうか。クリス様は私が白銀ならば聖女様を見に行ったりはしなかったのかな……

私がクリス様に白銀であると、その少女が私だと伝えていれば、こんな事を言わなかったのかな。

——私のせいだ。私がクリス様を、変えた。私の髪が白銀のせいで。

クリス様がおかしくなったのは私が悪いんだ。国が滅びそうになってるのは私のせいなんだ。

思考が『私のせい』で埋め尽くされていく。クリス様の声が棘となって襲ってくるような感覚。

「よく見たらさぁ、結構可愛いじゃん。僕の好みに……合う……。ちょっとよく顔を見せて」

クリス様が立ち上がり、ゆらりと私に近付いてくる。

私は危機感を覚え、けれど動けなかった。動かなかったが正しいかもしれない。何だか、彼に魅入られるのは正解な気がしたから。

「殿下ぁ、私の事を忘れちゃ嫌ですよ」

赤茶の髪の令嬢がクリス様の腕に巻き付いた。

「お前、邪魔」

「ヒュッ――」

それは、一瞬の出来事だった。令嬢の胸から赤い血飛沫が飛んだ。

「ノエル、ブラント、リアを連れて行け‼」

「あいさー！」

二人は素早い動きで私の前に立った。

「あ……あ……」

ピクピクと痙攣《けいれん》する令嬢に回復魔法をかけねば、と、ただ、それだけで。

ああ、これだから、迂闊《うかつ》って言われちゃうんだろうな。

「上級回復魔法『コンソラトゥール』‼」

令嬢に向かって上級の回復魔法を放った。きらきら輝いて、令嬢の傷が塞がっていく。

横たわる令嬢の胸が上下するのを見て、ホッと息を吐いた。

「お前……何者だ？　その魔法は聖女しか使えないはずだぞ……？」

クリス様が訝しげに私を見やる。

……説得にきたのにな。彼の心を変えられなかった。

「クリス様、かつて私は貴方を愛していました。貴方と共に、良い国を作る、それを目標にしておりました」

頬を涙が伝う。変わってほしかった。悲しみで、心が黒く塗り潰される。

「お前は……アストリア……？」

「愛した貴方だからこそ、反省して、元に戻れるのではないかと思っていました」

頭のどこかでは分かっていた。もう遅いのだと。でも、信じたくなかった。

愛した人が変わってしまった事、闇に負けてしまった事を。

彼は、いつも輝いていたから。きらきらした、私の光の王子様だったから。

「アストリア……、アスなのか？　本当に、きみなのか……？」

よろよろとクリス様が近付いてくる。そして。

「アストリア！　後ろに飛べ！」

ヘルフリート様の声がしたと同時に後ろに飛ぶと、彼はいつの間にか私の目の前にいて剣の鞘を前に突き出していた。その鞘はクリス様の剣を受け止めている。

「引き上げる！　ノエル、ブラント、アストリアと移動しろ！」

「ヘルっちは！」

「俺は殿下とまだ話がある。いいから行け！」

「……あ……」

我に返った私は状況を把握して震えた。なんて事をしてしまったのか。

「ヘルフリート様！」

「アストリア、早く帰れ」

「でも」

「言う事を聞け!!」

優しい人が、大きな声で叫ぶ。私はとんでもない事をしてしまったと、自分の愚かさを恥じた。

「アスっちしか転移魔法を使えない！　これ以上邪魔になりたくないなら行くよ！」

ノエルとブラントに掴まれ、呪文を唱える。その間にも、クリス様から放たれた魔法が飛んでくるのが見えたが、それが届く前に転移魔法が発動した。

一瞬見えたクリス様は左目だけが半開きになっていて、遠い記憶がよみがえる。

『クリス様、実は甘いもの苦手でしょう？』

『えっ？　……どうしてバレたの？』

『ふふっ、気付いていないんですか？』

クリス様が照れたように頬を掻いた。

『クリス様、嘘を吐く時、左目だけ半分閉じてるの』

貴方の真実が何か、分からなくなってしまった。

王宮から公爵邸の自室に戻ってきた。呆然として何も考えられない。

「アスっち」

バカだった。考え無しだった。傲慢だった。

「奥様」

甘かった。驕《おご》りだった。救えると思っていた。

「――っ‼」

先程の光景を思い出して身震いした。クリス様は隣にいた妾を傷付け、私に迷いなく剣を向けた。

私を『アストリア』と認識して、剣を。

変わってしまったと言っても信じたくなかった。まだ間に合うと呑気に考えていた。話し合いで皆無事で終われると思っていた。そんな事はなかった。

陛下たちは既に覚悟を決めていた。王族としてのけじめを。

ヘルフリート様は分かっていた。淡々と事実だけを述べていた。

綺麗事で済む段階はとうに過ぎていたんだ。

(……怖い)

身体をきつく抱き締める。怖い、怖い、怖い、怖い。

奥底から黒いものが這い出て、全身を蝕《むしば》んでいく。絶望感に苛《さいな》まれる。

「アスっち！　戻れ！」

ノエルの声が聞こえるが、足が震える。底無し沼に沈むような感覚がする。うまく息が吸えない。

「アストリア！」

ヘルフリート様が戻ってきて、素手で私に触れた。心を覆う黒い靄がざあっと消えていく。

とたんに現実感が戻ってきた。

「あ……私……」

恐怖が、絶望が、襲ってくる感覚。闇に呑まれると言う事を実感した。

「殿下は洗脳魔法を使っていた。少しの油断は隙を作る」

違う。遮断魔法をかけていた。万全だったはず。だって、私は……

「一旦座ろう。ノエルたちは席を外してくれ。あと侍女に言ってお茶を準備してくれ」

「了解」

ヘルフリート様に手を引かれ、ソファに沈んだ。

「アストリア、なぜ、聖女しか使えない魔法を使った」

抑揚のない声がしてビクッと肩が跳ねる。

「怪我を……していたから、だから、それで……助けなきゃと思って」

「風属性魔法ではいけなかったか？」

——そこで気付く。失敗した。風属性にも軽い回復魔法がある。

けれど、私は白い髪の者しか使えない方を選んでしまった。冷静さを失っていた。

「きみは闇以外の全属性の魔法が使える。万能だからと驕っていてはいつか身を滅ぼすだろう。救える者は限られる。だからこそ選ばなくてはならない。それが非情な選択だとしても」

ドキリとした。闇以外の全ての属性が使えるからと、万全だからと思っていた部分が、確かにあったから。それが今回、危機を招いた。主にヘルフリート様に。

「――っ、ごめんなさい」

冷静でいられなかったのは私の落ち度だ。クリス様に付け入る隙を与えてしまった。

あの場でこそ冷静さを欠いてはいけなかったのに。

「……きみは洗脳魔法をかけられていた。殿下の過去の話辺りからな。白銀の髪という言葉に反応したのだろう」

「……殿下が、白銀の髪に囚われたのは私のせいだと、思い込んでしまいました」

クリス様が白に異常な程執着するのは私のせいだ。私のせいで、私が彼を変えてしまった、私が白銀だと告げていれば。そう思うと同時に真っ黒なものが心に入り込んで侵食していった。

「殿下が白に魅入られたのは私のせい？」

「それを言うなら俺のせいだろう。あの茶会で、無意識とはいえ姿変えの魔法を解いたのだから」

「違う。貴方は悪くないわ。故意ではないなら貴方のせいではないはずよ」

「だったらきみのせいでもないな。結局、今の状況は殿下の選択の結果なんだ。白銀の少女をいつまでも思い出にできなかった、聖女の魅了に抗わなかった。一度はきみを手にしながら、最終的には偽物を選びきみを手放した。後から何かを言っても、取り返しのつかない選択もあるんだ」

最後は私の事を言われているようで思わず俯いた。本当に取り返しのつかない事になるところだった。

ヘルフリート様やノエル、ブラントまで正気でなくなっていたら今頃は……

「私が白でなければ」

「それも違う。赤や青や緑、茶が良くて、なぜ白や黒が責められねばならない？　見た目だけで全てを決め付け、中身を見ようとしないのはおかしい。見た目が全てではないだろう？　殿下は戻れる道があった。だが戻る事を選ばなかったのは殿下だ。後戻りができなくなってから他人のせいにするのは間違っているだろう」

ずっと、白が嫌いだった。

白であるから、私は自由になれない、偽りの姿でいなければならない、と思っていたから。

白が誰かを狂わせ、傷付ける。私がいなければ。白でなければ。

どこかでそう思っていたから洗脳に抗えなかった。

結果、大変な事態を招いてしまった。取り返しのつかない事になって「洗脳されていたから」は言い訳にならないだろう。

ヘルフリート様が王宮行きを止めなかったのは私に現実を突き付けるためだったのかもしれない。一緒に行ってもああなったのに、もしも言う事を聞かず一人で行っていたら……せっかく守って貰っていたのに危うく全てを台無しにするところだった。

「ヘルフリート様、申し訳ございません。私の失敗でした」

彼が状況を冷静に判断し、指示を出していなければ今私は無事にここにいられなかっただろう。

「まあ俺も守れるからと油断していた節はある。それに君に剣を向ける事はないだろうとも思っていた。想定外ではあったからこれ以上は気にするな」

気にするなと言われても今回ばかりは後悔しかない。

きちんと自分の立場を考えて行動しなければならなかった。私の落ち度だ。

「剣の乙女なんて名ばかり、誰かを傷付ける事しかできない」

聖女ブランシュ様の予言は、ある意味周りを傷付けた今の私にピッタリだと自嘲する。

「剣は攻撃する事しかできない訳ではない」

「……え……」

ヘルフリート様の顔を見る。

「自らを、誰かを守るために使う事もできる。攻撃を弾いたり、防御も。使い方次第なんだよ」

「あ……」

先日闇の魔法を調べていた時に思った。全てのものには裏表があると、学んだばかりだった。

「剣だけではない。火は寒さを和らげ、水は喉を潤し、風は暑さを軽減させる。土は恵みを、光は闇を照らし、闇は……」

ヘルフリート様は私の頬に触れる。

「きみの泣き顔を隠してくれる」

いつの間にか溢れるもの。それを優しく拭い取る。

「アストリア、国が変わるという時に、きみの甘さや優しさは命取りだ。魔物なんかは害をなすものだから遠慮なく屠《ほふ》れる。だが、人間は違う。その背景を考えれば情けをかけたくもなるだろう。しかしその時点で自分の生命が危うくなる場合もある」

過去数多《あまた》の経験をしてきた者としての厳しい言葉だった。闇に囚われている時、私が想像もできないくらいの絶望や葛藤があったのだろう。

また、騎士として生きてきた彼の言葉には重みがあった。

「嫌な事は俺が引き受ける。だがきみも甘さは捨て、覚悟をしてほしい」

こんな時にも、この人は優しい。

きっと、本当に優しい人とは、ヘルフリート様のような方なんだろう。

「少しだけ、泣いてもいいですか……？　泣きやんだら、……ちゃんと覚悟を決めます」

「ああ。なんなら胸を貸そうか？」

ヘルフリート様は両手を広げた。

「お願いします」

言うなり私はその胸に飛び込んだ。

涙が次から次へと溢れてくる。堪えようとしても嗚咽《おえつ》が漏れる。

「ふ……ぅ、ううぅぁあああ……ぅう……」

助けたかった。愛していたから。でも助けられなかった。無力だった。

できる事、できない事、分かっていなかった。それが誰かを傷付けた。皆に迷惑をかけた。

恥ずかしさと後悔が押し寄せる。何でもできると思っていた。何でもはできないと思い知った。

選びたくなくても選ばなければならない。

たとえそれが、かつて愛した人へ刃を向ける事だとしても。

ヘルフリート様はずっと私を抱き締めてくれた。背中を撫で、頭を撫でる。温もりが、心に染み渡る。責めない優しさが、苦しい。でも今は、その温もりを手放したくないと思った。

◆ ◆ ◆

アストリアは疲れて眠ってしまった。俺は彼女を寝台に運ぶと自室に戻り、黒革のソファに力なく腰かけた。


「アスっちは？」

「泣き疲れて寝たよ」

「そっか……。あの後どうなったん？」


アストリアたちを逃した後、俺は殿下と対峙した。

最近は放蕩三昧で日々の鍛錬もしていないのだろう。何の力もなく殿下の剣が転がった。

「なぜ邪魔をする。アストリアは僕のものだぞ」

「お忘れですか、殿下。彼女を選ばなかったのは貴方です。あの時、この場で、聖女を愛おしげに見つめ、アストリアには目もくれなかったのは他でもない、貴方です」

憎々しげに睨んでくるが、今は過去の選択の積み重ねの結果だ。あの時アストリア以外を選んだのは殿下なのだ。たとえ呪いや魅了のせいだとしても、それに抗う意志を見せなかったのは彼で。

だが、それでも殿下を救いたい気持ちがあったんだ。

「僕はアストリアと結婚するつもりだった！　だが仕方ないだろう⁉　妊娠するなんて、想定外じゃないか！」

「何の対策も無しにやる事をやれば実を結ぶのは当たり前でしょう！　閨教育はなさらなかったのですか？」

「なっ、恥ずかしい事を言うな！　教育は受けたが、たった数回で実るなんて思わないだろう」

「そもそも実るも実らぬも、した事に変わりはない。貴方がアストリアを裏切った事は覆らない」

あの時の白銀の君だったアストリアを思い出す。婚約者の裏切りを見てしまった彼女はとても苦しんでいた。

今でも彼女に触れようとすれば一瞬身体が強張る。無意識に、そういう事を避けているのだろう。

「でもそれは呪龍の呪いと聖女の魅了のせいで……仕方ないじゃないか！」

あくまでも仕方ない、自分は悪くないと言い張る殿下に失望感が勝ってくる。

「呪いと魅了魔法だけが悪いのか？　貴方に浮気心は微塵もなかったのか？　魅了は相手に好意がないと効果は出にくい。白い髪に執着して、アストリアを見ていなかったのは貴方ではないのか⁉」

「今さら魅了に抗ったところでアスはいないじゃないか！　そんな無意味な事しても一緒だろう！」

「無意味でも謝罪するくらいはできるだろう。それに原因を作ったのは自分自身。アストリアのせいにするな！」

「アストリアが赤い髪なのがいけないんじゃないか！」

どこまでも彼女のせいにする。今ここに彼女がいなくて良かった。今の殿下を見ればきっと傷付くだろうから。

「赤でも緑でも、何色になってもアストリアはアストリアだろうが!! 見た目は変わっても、細かな仕草とか表情とか、無意識の動作は同じだろう。性格だってそのままだ。愛しているならなぜ気付かない。貴方が愛しているのは結局、白銀の少女か？ アストリアなのか？」

殿下の顔が強ばり、碧の瞳が揺れる。闇に呑まれ正気を失った彼だが、葛藤しているのが分かる。

「貴方はアストリアの何を見ていたんだ。愛しているなら何をしてもいいのか？ 愛しているなら相手を虐《しいた》げてもいいのか？ 愛しているなら傷付けてもいいのか？ 愛していると言えば浮気を許されると言うのか？ そんな訳ないだろう!!」

じわじわと、まだらだった殿下の髪の色が金に戻る。

「愛しているなら……。彼女を愛しているなら、思いやれ。愛しているなら、闇に呑まれるな」

その瞳から、一筋の涙が零れ落ちた。

「ヘル……、僕は……苦しい。裏切った事が、自分が負けた事が苦しいんだ。アスがいない事がどうしようもなく絶望的で、それがずっと続いてる」

罪悪感と絶望が、殿下を苛《さいな》んでいるのだろう。

「してしまった事を受け止められよ。そうすれば処刑は免れるでしょう」

「嫌だ……嫌だよ、嫌だ、嫌だ！ 僕はアストリアと幸せになりたいんだ!!」

「ではなぜ……」

己の過去を見ているようだったから、助けたいと思っていた。だが、あの行いは許せない。

「なぜアストリアに剣を向けた。死んでほしいと思っているのか？　なぜ洗脳魔法をかけた。自分の思い通りに動けばいいのか？　そんな人形のようになって彼女が幸せになれると思うのか!!」

アストリアの様子がおかしかったのは洗脳魔法をかけられたせいだ。魔法で遮断していても両陛下の件で心が揺れ、白銀の少女の話で隙ができた彼女は搦め捕られてしまった。

「死体でも人形でもなんでもいい!!　僕のアストリアを返せ！　僕以外と結婚なんか許せるか！ふざけるな！」

再び、殿下の髪が黒に染まっていく。もう、戻れないところまで来てしまったのだと悟った。

「お前が……お前がいなければ！」

言うが早いか、殿下が再び剣を握り向かってきた。

どうしようもない虚しさを抱えて剣を構えると、目の前に躍り出る者がいた。

「王妃……陛下……？」

「は、はうえ……」

それは俺の産みの親である王妃陛下。

「クリス……、もう、止めましょう……？」

虚ろな目のまま、息子に訴える。その胸が、赤く染まる。

「もう、アストリアを、諦めて……王族として、潔く……」

ずるりと、身体が落ちていく。どくどくと血が溢れ、ドレスを赤く染めていく。

「……消滅『エタンドル』！」

消滅の魔法で傷そのものを消滅させる。だが失った血は戻らない。

「はは……うえ」

殿下が何かの魔法を唱えると、王妃陛下の身体が淡く光る。おそらく光属性の回復魔法だろう。

少しばかり血色が良くなった。

「殿下、次にお会いするのが貴方の最期になるでしょう。ご覚悟を」

母を抱いたまま、殿下の肩がぴくりと跳ねた。

「すまない、クロイツァー公爵。クリスは我々が責任をもって監視する。貴公や奥方を煩《わずら》わせる事はしない」

国王陛下が青ざめた顔で言った。それを見て、一礼し退室した。


城の廊下を足早に歩く。

もう、戻れない。救いの手を差し伸べて、――何度も振り払われた。

名乗れはしなくても、血の繋がった弟だから、かつて彼女が愛した人だからと、思っていた。

だが彼は迷いなくアストリアに剣を向けた。洗脳魔法をかけた。その時点で殿下を救いたい気持ちより、彼女を傷付けた事が許せない気持ちが勝った。

――それでも。

「こうするしかなかったのか……？」

今日のこの説得の場は、いたずらに彼らの最期を延ばしただけだったのか？

「ヘル」

カツカツと、靴音を鳴らし近付いてくるはローゼンハイム公爵。

「……辛かったな」

肩をぽんと叩き、痛ましげな表情で言うローゼンハイム公爵は、クロイツァー公爵夫妻の友人で、俺の出自を知る者の一人だ。そして、二つ前の騎士団長であり、俺の師匠でもある。

「気に病むな。お前も闇に呑まれるぞ」

「何も、できませんでした。何も……守れなかった」

「そうか。良かったよ、お前もまだ若造で。全て上手くこなされたら俺の仕事がなくなるからな。後は任されよ」

ローゼンハイム公爵はもう一度肩を叩いて笑った。

「嫁さんの側にいてやれ。大切なものを見落とさせるなよ」

その言葉にハッとする。アストリアは洗脳されている。おそらく闇に呑まれかけているだろう。

俺はローゼンハイム公爵に礼を言うと、急いで公爵邸に帰った。

「……両陛下にはもう会えんの？」

ノエルの言葉に無言で頷く。

「無理だな。あとは粛清の日程を決めるだけだ。……ちゃんと別れをさせてやりたかったな。正気になった彼らと」

くしゃりと前髪を掻き上げる。何もできなかったのはアストリアだけではない。俺だって説得できると過信していた。両陛下の様子を見て、もう無理なのだと悟っただけだ。

「なぁヘルっち、全部まるっと救おうなんて無理だよ。そりゃあ、総取りできりゃ万々歳だけど。そんな都合よくいかんし。できないなら間違いなく選びたいよね」

「……時々お前の事が分からなくなるよ。一体何者だ？」

「俺の名前はノエル。人呼んで『炎に巻かれた男』。いや、これ不名誉な通り名だな？　アリっちの『白銀の君』みたいにカッコイイやつ希望したいな」

こいつはいつも茶化しているから掴みどころがない。所作は綺麗だし身のこなしに隙がない。

「まあ、冗談はさておき。俺は味方だよ、今はね。敵じゃない。以前はソロの冒険者、今はクロイツァー公爵家お抱えの護衛」

軽薄な感じなのに踏み込めない。諜報員にするならこんな奴が最適なんだろうな。

「まあいい。害にならないならば」

「それ主にアスっちにとって、でしょ？」

「よく分かったな」

「愛の深さを思い知りましたー」

まあいい、ノエルは貴重な戦力だ。今は味方は多い方がいいだろう。

「剣の乙女と盾の騎士……か。運命の女神サマが微笑まなきゃ、二人は……」

「なんだ？　何か言ったか？」

「いや、何も。……応援してるよ、ってだけ。んじゃ、鍛錬してくんね」

手をひらひらさせながらノエルは退室した。俺は溜息を吐いて今後の事を考えた。

◇　◇　◇

一夜明けて、私は自室の寝台で目を覚ました。ヘルフリート様の胸の中でひとしきり泣いて、散々喚いて、どうやらそのまま寝てしまったらしい。その後は覚えていないけれど、寝台まで運んでくれたのも彼だろう。目も腫れぼったくない。

おまじないもかけてくれたのかしら……

婚約白紙からまだ一年と経たないうちに状況は大きく変化した。

ディールス侯爵領で冒険者として活動してる間に。王都に帰還して守られている間にも。

私の知らない間に、王城内は私の想像もしないものになっていた。

昨日、クリス様に剣を向けられた。明確な殺意をもって。それはもう、王城内は安全な場所ではなく、クリス様に他人を思いやる心はないと改めて突き付けられた現実でもあった。

私だけではない。現在寵愛しているはずの令嬢すら切り捨てた。

何の躊躇《ためら》いもなく、そうできてしまう。こんな人がこのまま国の頂点にいられるはずがない。いていい訳がない。

見ない振りをしても、否が応でも現実は押し寄せてくる。逃げても状況は変わらないどころか、悪化するばかり。それならば前を向いて、しっかり見据えなければならない。

「私はやれる」

もう、迷わない。大切な人を間違えない。

私は全ての人を救える英雄にはなれないけれど、せめて大事な人たちを守りたい。お父様、お母様、ヴァルク。アイラやブラント、伯爵家の使用人たち。出会って日は浅いけれど、良くしてくれる公爵家の使用人たち。ノエルも。そして誰よりも、何よりも。

私を時に厳しく、優しく導いてくれるヘルフリート様を。

彼と向き合うと決めた。全てが終わったら一緒に呪いを解く方法を探すと決めたんだ。

私を信用してくれている彼を裏切りたくない。愛してくれる彼に失望されたくない。

だから、私は変わる。もう泣かない。国の状況が、落ち着くまで、弱音は吐かない。

何度挫折しても、何度倒れても、それでも私は生きるため、自分の幸せを実現するために歩いていく。

支えてくれる人がいる。見守ってくれる人がいる。私を選んでくれた人がいる。

選んだのが私で良かったと言ってもらえるように。後悔させないためにも。

予言が私を剣の乙女と言うのなら、大切な人を守る剣になる。

一度きつく目を閉じて、しっかりと見開く。もう、闇に囚われない。

もしも囚われたとしても、闇の中で、光を見失わない。私は決意を新たにした。

その夜、私はヘルフリート様の部屋を訪ねた。彼にどうしても聞きたい事があったのだ。

「ヘルフリート様、一つ、聞いてもよろしいですか？」

「何だ？」

「殿下はいつ頃から……あんな風になられたのですか？」

ヘルフリート様の顔が強張った。

思えば私は何も知らなかった。クリス様が赤茶の髪の妾を囲い出したまでは聞いていたけれど、剣を振り回す事は知らなかった。

周りが私を気遣って情報を遮断してくれていたのだろうけれど、これからはちゃんと知りたい。知って、できる事を考えたい。

「……かつての想い人が他人を手討ちにする男になったなんて知りたくないだろうと、知らせなかったのは俺の落ち度だな。すまない」

ヘルフリート様はそう言って、話してくれた。

私がディールス侯爵領にいる間から裏では聖女様との夫婦仲は良くなかった事。白銀の君へ手紙が届いた前後からクリス様が赤茶の髪の妾を集め出した事。――気に入らなければ手討ちにし、それが王家粛清の決め手になった事。それらは私の知るクリス様とは全くの別人だった。

『諦めも肝心だ』

ヘルフリート様はきっともう分かっていたのだろう。そこまで来ていた人を説得しようなんて、やはり傲慢だった。

「ありがとうございます。これからは情報を教えてください。もう、知らないままはいやです。知らないままだとかえって危険になる事もあると思うんです。確かに、私も考えが甘すぎました。魔法が沢山使えるから、何かあっても平気、と驕《おご》っていた部分はあります」

能力が高すぎるとそれを過信して、先日のような失敗に繋がってしまう。

遮断の魔法さえかけておけば大丈夫と高を括った結果、簡単に洗脳をかけられた。

だから、あの日の事は必要な失敗として肝に銘じたのだ。

「……そうか。良かれと思っても、悪しき事になる……か」

ヘルフリート様は悔恨の表情で俯く。

「申し訳なかった。きみに包み隠さず全て話してから行くかを聞くべきだった。何かあれば俺が守れば良いと、俺こそ己の力を過信していたんだ。その結果、きみを危険に晒してしまった」

そして、がばりと頭を下げた。

「それに、隠し事をされるのは、嫌です。信用できなくなりますから」

「……俺はきみの信用を失うところだったんだな。これからはしっかりきみに話す。きみも嫌な事があったらこれからも教えてほしい」

「ヘルフリート様、私は弱く見えますか？」

ちょっと拗ねて言ってみる。

「ど、どうした、突然」

「私は、守られてばかりは嫌ですよ?」

「——っ」

怒った時は上目遣いで睨むべし、とはカロリーナお姉様の言。

効いているのか、ヘルフリート様はごくりと唾を飲み込んだ。じっと見つめると真剣な眼差しで見つめ返される。

「……それと、前から気になってたんですが、その、〝きみ〟って止めませんか？」

「えっ」

嫌ではないけれど、何か気になっていた。今まで私をそういう風に言う人がいなかったからかもしれないけれど。

「あ……、何、と、呼べば……」

戸惑いながら顔を赤らめるヘルフリート様は、何だかちょっとだけかわいかった。

「家族はリアと呼びます。ほら、先日偽名を使った時は呼んでくださいましたよね？」

「あ、あの時は、その。偽名だったから、そのっ」

じーっと上目遣いで見上げる。ヘルフリート様は視線を彷徨《さまよ》わせた。

「意識すると、緊張して、呼ぶ度に心臓が破裂しそうになるから」

観念したように、顔を赤くして言う彼は手で顔を覆って項垂《うなだ》れる。

そんな様子に私の中の何かが疼《うず》き出す。

「リアって呼んでください」

「そ、それはっ」

「夫婦、ですし？」

「っぁ……」

何度も口を開けたり閉じたり、唾を飲み込んだり。何とも言えないような顔をして、一度瞳を閉じて。とうとう私に向き直り、ヘルフリート様は口を開く。

「リア」

言われた瞬間、心臓が跳ねた。視線を交し合い、見つめ合う形になる。その漆黒の瞳は、熱を帯びて、それだけで溶けそうだった。

「リア」

髪を一房取り、口付ける。愛おしそうに。鋭い視線で射られると、縫い留められたかのように動けなくなる。やがて、その手は頬に触れ、顔が近付いてきて、思わず目を閉じた――

「コンコン、しつれーしまっすー！　ヘルっち明日の件で少々質問が――」

互いの肩が跳ね、開かれた扉へ目を向けた。そこには資料を持った笑顔のノエルの姿が。

「ありませんー」

ノエルは笑顔のまま、何事もなかったかのようにバタンと扉を閉めた。

我に返った私たちは顔を真っ赤にしたまま、「じゃ、じゃあ、また明日……」と別れた。

「おはようございます」

翌日、寝不足のまま食堂へ向かうと、家族は全員既に席に着いていた。

「お姉様おはよう！　何か目が赤いですよ？　大丈夫？」

「えっ、いえ、な、なんでもないわよ？」

きょとんとするヴァルクに誤魔化すように言って席に着くと、ヘルフリート様とばっちり目が合ってしまった。互いに挨拶するけれど、何だかぎこちない。

「ちょ、朝食を食べよう。食べたら……連絡がある」

「わ、分かりました」

ヘルフリート様は真剣な表情になる。連絡内容は悪い話だろう。

ちゃんと聞いて、最善を尽くすしかない。私は私のできる事をしよう。

第七章　縮まる距離

朝食を終え、食後のお茶を飲む。両親とヴァルクは早々に退室した。気を遣わせているのかしら。

「先程言った連絡事項なんだが。各地に災害龍が同時発生した。東西南北の辺境に水、風、土、光の龍たちだ。俺たちは闇と火を倒したが、今度は四体同時だ」

その話はとても信じ難いものだった。

呪いを撒き散らした呪龍、辺り一帯焼け野原にした爆炎龍。そんな災害龍が四体同時に。

「教皇のしわざだろうな」

……教皇は何がしたいのだろう。国を滅ぼすつもりだろうか。

「分かりました。どこから行けばいいですか？」

「俺たちは南の光輝龍《こうきりゅう》だな」

「……えっ」

南だけでいいの？　全てを回るつもりだったのだが。

ヘルフリート様がじっと私を見据える。

「……東西南北に分かれて討伐隊が派遣される。東、水の流水龍《りゅうすいりゅう》はローゼンハイム公爵家。西、風の暴風龍《ぼうふうりゅう》はノエルに頼んで冒険者を募る。西の方に伝手《つて》があるらしい。南、光の光輝龍は俺たちクロイツァー、並びに王宮騎士団。北、土の土石龍《どせきりゅう》はディィールス侯爵家とカレンベルク公爵家。王都の避難と見張りは魔法師団だ」

じとりと見られ、居心地が悪い。思わず目線だけ下に逸らした。

「アストリア、全てを自分が背負おうとするな。爆炎龍の時のサポートは助かったが、さすがにリア一人で四体の対処は無理だ」

ぐっ、と言葉に詰まる。汚名返上するためのいい機会だと思った気持ちを見透かされた気がした。

「白い髪の者は男だが他にもいる。リアがいないといけない程彼らは弱くない。周りを信じるんだ。そしてリアは目の前の敵のみに集中してくれ」

何も反論できなかった。別に、周りを信じていない訳ではない。

ただ、ずっと、一人だったから。それが当たり前になっていたから。

「……分かりました。では私はヘルフリート様たちと光輝龍に集中します。光輝龍は光属性ですよね。対抗できる魔法を覚えておきます」

「そうしてくれると助かる。それと、……討伐へはリアの家族も一緒に連れていこう」

結界を張ったとしても万全じゃない。もしクリス様に見つかって、人質に取られでもしたら危険だから、という理由での提案だった。

「ありがとうございます。両親に伝えておきます」

「頼んだ。準備が出来次第出発する」

その後一礼して、食堂から退室した。急いで図書室へ向かう。

災害龍が同時に現れた。奴らは倒すと同時に強烈な一撃を残して逝く。

爆炎龍は自爆しようとした。呪龍は陰険な呪いを撒いた。その他の龍も災害級の一撃を残すだろう。

しっかり備えなければ。そう思って、新たな魔法を覚えるべく魔導書を開いた。

◇　◇　◇

災害龍討伐のため、早速各地に兵士が派遣された。全ての陣営に風魔法使いを配備し、連絡係として転移魔法を使って行き来させる。

私たちもクロイツァー公爵家の私兵、ベーレント伯爵家の護衛数名、そして王宮騎士団——魅了の被害を受けていない者だけ——の合計二十数名の小規模討伐隊を結成し、間もなく出発する事になっている。

「よっ、アスっち」

「ノエル」

ノエルは私たちとは別行動だ。西方の冒険者ギルドにかけ合い、有志を募って討伐するらしい。

クロイツァー公爵家から報奨金も出す予定で、猛者たちが集うだろうとの事。実際に先にその事を伝える手紙を出したところ、ちらほらと集まり始めているという返事がきている。ノエルは指揮官として行くのだ。

「……ね、いっこ聞いていい？」

「なあに？」

「アスっちは、この状況から逃げようって思わなかったん？」

ノエルの質問は、私の中の選択肢にないものだった。

「アスっち、冒険者として活躍してたじゃん？　アスっちの力があれば一人でも逃げれるじゃん？」

確かに私一人ならばそういう選択肢もあったのかもしれない。けれど、不思議と逃げよう、逃げたいとは思わなかった。

「もし、今逃げたいなら、俺が力になるよ？」

それは、いつものふざけたノエルとは違う、真面目な表情。少しばかり瞳が揺れているのは気のせいだろうか。そんなノエルに、私はゆっくりと首を横に振る。

「私、今まで何回も逃げてきたの。殿下の浮気現場も、成婚パーティーの時、最初の結婚の時、ヘルフリート様に正体がバレた時。都合が悪くなったらいつも、逃げてた」

「……でも、それは辛い目にあったからでしょ？」

確かに嫌な事があった。辛くて、悲しくて、その場にいたくなかった。

「でも、逃げても何の解決にもならなかった。だから、私はもう逃げない。ちゃんと目を逸らさないで立ち向かって行きたい。多分、そっちの方が後に引きずらないと思うのよね」

もう後悔はしたくない。真正面から立ち向かって、クリス様への想いごと壊してしまうつもりだ。

そう言うと、ノエルは眩しそうに目を細めた。

「……アスっち、やっぱかっこいい」

「そうかな？」

「ごめんね、アスっち。俺、こないだの城でのやり取りを見てちょっと侮ってた。ごめん。やっぱアスっちはアリっちで、かっこいい奴だった」

いきなりガバッとノエルは頭を下げた。「申し訳ない」と付け足して。

「え、どうしたの？　ノエル？　急にそんな事を言ったら槍が降ってきそうよ？」

何かあるんじゃないか、と引き攣りながら問いかけると、ノエルは頭を上げてニカッと笑った。

「うん、やっぱアスっちはそうでなきゃな。俺アスっちの塩対応めっちゃ好き」

「そ、そう……」

それはそれは素晴らしい笑顔を見せながら、ノエルは災害龍討伐へ向かった。

「無闇に突っ込むな」とは言い含めたけれど、暴風龍の竜巻に巻き込まれる姿が容易に思い浮かんで何だかモヤッとした。

「私たちも行きますか」

「……ああ」

馬車は何だか気まずい顔をしたヘルフリート様とは別れ、家族と乗る事になった。

あの夜を思い出し、身悶えてしまうからだ。そんな私をお母様とヴァルクは生暖かく見守り、お父様は複雑そうな表情を浮かべていたのだった。


光輝龍討伐のため訪れたのは、南はザイフェルト侯爵家の領邸。侯爵家領地の森の中に光輝龍は現れたらしい。

「アストリア！　久しぶりね。元気？」

出迎えてくれたのはザイフェルト侯爵夫人であるカロリーナお姉様だ。

「お久しぶりです。お姉様もお元気そうで何よりです」

「アストリア……、辛かったわね。よく頑張ってるわよ。私なら攻撃アップ魔法を重ねがけして、殿下を真っ黒焦げにしてるわよ」

私の頬を撫でながら、お姉様は眉尻を下げて心配そうにしている。

変わらない様子が懐かしくて安心するな。

「お姉様、相変わらず物騒ね」

「男たちは勝手よ。女をみくびってるわ。私たちだって後方援護くらいできるのに、屋敷から一歩も出るなというんだもの！」

「お姉様は身重なんだから……」

少しふっくらしたお腹をしたお姉様は、つんと唇を尖らせた。

ザイフェルト侯爵様はお姉様の旦那様でとても溺愛なさっている。彼がお姉様と子どもをいち早く領地へ行かせ、それを皮切りに貴族たちは避難を始めた。

「ジゼルも避難できているのかしら」

「結婚式を控えていたけど、こんな状況だから延期になってね……。我慢できなくなったトリスタンが婚姻届だけ出してすぐに領地へ行ったわ」

トリスタン様はカロリーナお姉様の弟。こちらも婚約者であるジゼルを溺愛しているようだ。

そういえばクラウスたちはどうしているだろう。クラウスとフィオナ様は、私たちの婚姻が無効となった後、晴れて婚約したと手紙を貰っていた。非常事態が落ち着いたら婚約式にはヘルフリート様と二人で出席してほしいと書かれていた
「さっ、立ち話も何だし、中へどうぞ。皆様もおくつろぎになってね」

お姉様の合図で討伐隊の面々は侯爵邸に入った。ここを拠点として討伐を行うのだ。

私もヘルフリート様のエスコートで中へ入っていく。

彼が自然に腕を出すから自然に手を借りているのだけれど、なぜか前から後ろから視線を感じる気がするわ？

視線の主の一人、カロリーナお姉様は「後で話を聞かせて」と口を動かし、ウインクした。

話といっても……と思った所で先日の夜を思い出し、邪念を払うようにパパッと手を振った。

応接間に公爵家当主兼騎士団長であるヘルフリート様、私、お父様、そしてカロリーナお姉様、侯爵家私兵団の団長さんが集まった。

現在はザイフェルト侯爵家お抱えの魔法師団が監視しているが、光輝龍は眠っているそうだ。

意気込んで来たけど肩透かしで、振り上げた拳の行き先がなくなってもやもやする。

「眠っているというより、弱っているのだと思われます。寿命が近いのかもしれません」

災害級の魔物にも寿命なんてあるのか、と不思議に思った。考えた事もなかった。

「あとどれくらいかしら」

「魔物の寿命は測りかねますね。しかも災害級のものですし、未知数です」

「寿命を待つという手は？」

「明日になるか、一年先か。災害級の魔物ですからね……。悠長に待って良いものなのか」

一同から溜息が漏れる。流石に弱った龍をどうこうしようと言うのはあまり気分が良くない。

かといって放置していれば辺り一帯に何らかの影響があるかもしれない。

「光輝龍の最期の攻撃は何か分かりますか？」

クロイツァー公爵家にある書物で他の龍に関してはいくつか記載を見つけたけれど、光輝龍の最期がどんな風になるのかは書かれていなかった。

それだけ幻の存在なのだろう。どんな攻撃をしてくるのか、見当も付かない。

「分かりませんが、光輝龍は別名『慈愛の龍』とも呼ばれているとか」

「慈愛の龍」

それはまた、倒しにくい名前である。

「とにかく、その龍のもとに行かない事には判断できかねますね」

「そうですね。今日のところはゆっくりとお休みください。何かありましたらお知らせしますわ」

カロリーナお姉様の言葉で一度解散となった。

「アストリア」

お姉様に呼ばれたので振り返ってみると、何かを聞きたそうな顔だ。

「私たちは部屋に行ってるよ。ほどほどにな」

ヘルフリート様に言われたので、カロリーナお姉様とそのまま応接間に残った。

皆が退室して、二人だけになるや、カロリーナお姉様はずいっと前のめりになった。

「ね、ね、クロイツァー公爵様とどうなってるの？」

「お、お姉様落ち着いてください。前のめりになるとお腹に影響がありますわ」

お腹の赤ちゃんが圧迫されて苦しんではいけないと、お姉様を落ち着かせる。

「クロイツァー公爵は見たところ、アストリアをすっごく好きみたいじゃない？」

「そ、それは……」

確かにヘルフリート様から告白はされたけれど……返事をしていない。

向き合うとは言ったもののあれから日にちも経ったし、今更返事をするのも何だか言い辛い。

彼の前では沢山醜態を晒しているし、甘えてしまっている自覚もある。おそらくこのまま何も言わなくても彼も催促したりはしないだろう。待ってくれているのにも甘えてしまっている。

「アストリアの気持ちはどうなの？」

カロリーナお姉様に問われて言葉に詰まった。

――私の気持ち。

「正直なところ、嫌いじゃ、ない。多分、好き、です」

「うん」

「でも、愛しているかは、分かりません」

彼には感謝している。優しさも、厳しさも、必要なものをくれる人だ。私の意思を聞いてくれるし尊重してくれる。

これから先、ずっと一緒にいたいな、と思ってはいるけれど、それが愛かどうかは分からない。

クリス様の時とは比べようもないくらい、甘やかされて熱をくれる。私の事が好きだ、って、名前を愛称で呼ばれただけで伝わってくるのがくすぐったくて、どうしたらいいか分からなくなる。

彼の信用に応えたいし、対等でありたい。もしケンカをしても、とことん話し合って解決したい。

離れ難い人だと思う。

「ふうん……。なあんだ、いい関係なんじゃない」

カロリーナお姉様はふふふ、と笑う。そうであれたら、と思って顔が熱くなる。

「ええ、多分……」

「やあん、アストリアが可愛いわ。照れちゃって。……正直ね、私心配だったの」

お姉様は目を細める。その笑みは慈愛に満ちていた。

「無理してるんじゃないかって。貴女は一人で解決しようとするから。でも、公爵様が貴女を止めて、休憩させてくれる人なら良かったな、と思うわ」

「そう、でしょうか……」

「ええ。王太子妃教育も、すっごく頑張ってたわ」

「それは……。私が選ばれたならしっかりやらなきゃ、って思って。向いてないかもしれないけれど、……まあ、無駄になりましたけどね」

クリス様との事がなくなり、私は公爵家に嫁いだ。だから、王太子妃教育は無駄になってしまったのか、と今更ながら力が抜けた。

「アストリア、人生に無駄な事なんてないのよ。王太子妃にはならなかったけれど、公爵夫人になった。公爵夫人も社交やら旦那様のお世話やらで大変よ。貴女が受けた王太子妃教育も役に立つわ。回り道をしているように見えても、後からその経験が活きてきたりするのよ」

カロリーナお姉様は優しく微笑む。

確かに今は失敗したりろくでもない経験ばかりしている気がする。それをそのままにせず、失敗を活かせばいいのか、と思い直した。

「確かに、ここ最近の濃密な経験があれば、この先ちょっとやそっとじゃ動じない気がします」

一年前はクリス様との結婚に向けて希望に満ちていた。それから状況は目まぐるしく変わり、今は別の人の隣にいる。

不思議な感じがするけど、嫌じゃなくて。彼の隣は心地よくて、手放せない。

「そろそろ部屋に戻ります」

何だか無性にヘルフリート様に会いたくなった。

「分かったわ。部屋に案内させるわね」

そうして案内された部屋に入ると。ソファに座ってくつろぐヘルフリート様と目が合った。

目をぱちぱちと瞬かせ、呆けた顔をしている。

あ、あれ？　もしかして同じ部屋ですか……？

呆けた顔のヘルフリート様は、ずっと固まったまま。互いに動きを止めて見つめ合う形になった。

「後程お茶をお持ちしますね」

「あ、ええ、ありがとう……」

案内してくれたメイドが下がって我に返る。相変わらずヘルフリート様は固まったままだ。

「ヘルフリート様」

「……ハッ!?　リ、リア？　な、なぜこの部屋に……」

「今日お借りする部屋だと案内されました」

討伐隊はザイフェルト侯爵邸に寝泊まりする。騎士団の方々は一階の客間を、お父様たちは二階の一室をお借りした。

私たちは侯爵家当主夫妻より身分が上なせいか、一番良い部屋を用意してくれたようだけど、一応夫婦だからか一室で、室内を見渡す限り寝台は一つ。

そう。公爵邸では別々に寝ていた私たちがいきなり同じ部屋になったのだ。

「お、俺は別の部屋を借りてくる」

ヘルフリート様が立ち上がり、部屋を出ようとした。

「お待ちください、ヘルフリート様。侯爵家が用意してくれた部屋に物申しては角が立ちます」

「し、しかし！」

「私たちは仮とはいえ夫婦です。夫婦が同じ部屋を使うのは当然の事。大丈夫です。私はこちらのソファで休みますから」

「き、リアは寝台で休むべきだ！　俺がソファで寝るから！」

「騎士は身体が資本でしょう？　私はサポートに徹しますから、ヘルフリート様は寝台へ」

「だめだ、リアが寝台で寝るべきだ！」

「いいえ、ヘルフリート様がどうぞ」

私たちが押し問答をしている間にメイドが「失礼いたします」と入ってきて、お茶を準備してくれた。

「ごゆっくり」

そう言ってにこにこと退室して、私たちは一旦ソファに座ってお茶を一口含んだ。

ヘルフリート様もぎこちない動きでお茶を飲み、カップを置いた。お茶が熱かったせいか顔は真っ赤だ。

「分かりました。ヘルフリート様」

「そ、そうか。では俺がソファで」

「一緒に寝ましょう」

言ってからカップを傾け、ヘルフリート様をちらりと見てみると、やはり固まってしまっている。その様子を見て、思わず笑みがこぼれた。

「大きな寝台ですし、二人で寝ても大丈夫ですよ。お互い譲らないなら一緒に寝ましょう」

ぼんっとヘルフリート様の頭から湯気が立ち上る。

……女性に慣れているはずでは？　と思ったけれど、皆にこんな反応だったのかしら思うとモヤッとした。

「だ、だが」

「私とはお嫌ですか？」

あまり拒絶されるのも傷付くのだが。

「嫌な訳がない。むしろ嬉しいし大歓迎だ。だが、リアはっ……、その、嫌ではないのか？」

彼から問われ、ハッとする。

――嫌ではない。むしろ触れてほしい、触れたい、と思ってしまう。

私はヘルフリート様の隣に座り直した。

「私に触れてくださいますか？」

緊張して、少しだけ冷たくなった右手を差し出す。彼は戸惑いながら、その手をそっと掴んだ。

「手袋は、嫌です」

いつものように手袋をしていたので取ってもらう。姿変えの魔法が解け、本来の姿に戻る。

肌が触れ合うと、冷たい指先からじんわりと温まっていった。

「触れ合うと温かいですね」

ヘルフリート様の手を撫で、手のひらを揉んだり擦ったりすると、じわじわと温かい気持ちになる。ただそれだけで気持ちが穏やかになるのだ。

「リア、俺も……触れたい」

吐息が熱く、瞳が熱を帯びる。獲物を捕らえようとする獣のような視線にぞくりとした。

言葉の代わりに、彼の手を自分の頬にあてた。

ぎこちなく人差し指が髪をかき分ける。親指が頬を撫で、目の下をなぞった。

お返しとばかりにヘルフリート様の髪を梳く。サラサラの濃紺の髪を指に絡め、くるくるしてみたり。

「赤茶色の髪は温かみがあって、白銀の髪は神秘的な魅力がある。緑も新緑のみずみずしさがあった。どれもリアに似合ってる」

ヘルフリート様も愛おしそうに私の髪を指に絡め、口づけを落とした。熱を帯びた瞳が、柔らかく触れる指が、彼の全身が私への愛を囁いている気がした。

「好きです」

思わず、口からこぼれた言葉に、ヘルフリート様の肩が跳ねた。

私も自分が発した言葉の意味を理解して羞恥で顔が熱くなる。

「あ、あのっ……」

鼓動が速くなり、いたたまれずにこの場を離れようとして——腕を強く引っ張られて、ヘルフリート様に後ろから抱き締められた。

「リア、もう一度、言って」

懇願するような、掠れた低い声が耳朶をくすぐる。心の奥底から泉が湧き出るように気持ちが溢れてくる。

「好き……。好きです。貴方の事が……」

心臓がばくばくと音を立てる。抱き締める腕の力が強くなった。けれど、一旦腕の力が弱まり拘束が解けていく。と思えば向きを変えられ、強制的に見つめ合う形になった。

「リア……、本当に……？」

いつか過去を話してくれた時のように、少し頼りなげに瞳を潤ませ、信じ難いという風に見つめられ、思わず唇を震わせた。

「愛している……かは、分かりません。でも、私は貴方とずっと一緒にいたい。ヘルフリート様が好き、です……」

言うなり再び抱き寄せられる。私も自身の腕を、背中に回した。ぎゅっと力を込めると、それに応えるように優しく力が込められた。

ヘルフリート様の背中の熱が腕から伝わり、私の心を満たしていく。

「俺も、リアが好きだ。ずっと、ずっと好きだった。リアだけが、俺の唯一なんだ」

その言葉が、私の胸に染み入ってくる。

どうしてだろう。嬉しくて、嬉しいのに切なくて。ただ言葉にするだけで、言葉を聞くだけで目頭が熱くなる。優しさに触れ、愛しさに触れ、彼を欲しいと思った。

信用されたい、支え合いたい、守りたい。それは初めての感情だった。

やがてどちらともなく身体を離し、再び視線を絡め合う。顔が近付く。

目を閉じると、ヘルフリート様と私の唇が重なった。何度も、ぎこちなく、重ねられるそれを追いかけようとするだけでせいいっぱいで。拙くて、必死で、泣きそうになった。

やがて唇が離れると、ヘルフリート様は私の肩に額を乗せた。

「初めてなんだ……」

ぽつりと呟いた言葉に耳を疑った。

「口付けだけは、しなかったんだ。だから、今が、初めて。……ヘタクソでごめん」

消え入るような声に、思わず笑った。

「私も、初めてです。お互い様ですね」

ふふふ、と笑うとヘルフリート様は顔を上げた。

「嬉しすぎて心臓を吐くかも……」

その言葉に思わず目を見開き、また、笑ってしまった。口元を手で覆い、にやけそうなのを必死に堪えようとする彼が愛おしくて、今度は私から額に口付けた。

それはとても甘くて、とても幸せな瞬間だった。

翌朝、私は窓から差し込む光の眩しさで目を覚ました。明告鶏《あけつげどり》が鳴き、爽やかな朝を知らせる。

ふと、隣に眠る人がいる事を思い出しそちらを見ると、彼は未だ夢の中のようで長い睫毛を伏せ寝息を立てていた。

想いを確かめ合った私たちは、緊張しながら同じ掛布に包まった。

少しばかり開いた距離に寂しくなるけれど、ヘルフリート様が「嬉しすぎて心臓がもたない」と顔を真っ赤にして言うから、手を繋いで眠った。

いつか呪いが解けたら、抱き合って眠る日も来るだろうか。

そんな未来を想像して、私の心臓のほうがもたずに身体を起こした。

動きやすい服装に着替えて寝室に戻ると、ヘルフリート様が呆然と寝台に座っていた。

「おはようございます」

声をかけたらびくりと身体全体が跳ねた。顔を覗き込むと、目を大きく見開く。

「……おはよう。起きたら、リアがいなかったから、昨日の事は夢かと思って焦った」

ヘルフリート様は寝衣を乱し、くしゃりと前髪をかきあげる。後ろの方がちょっとハネてるのはご愛嬌？

「早くに目が覚めたので支度をしていました。先に朝食をいただきに行きますね」

「えっ、ちょ、俺もすぐに行くから！」

慌てて寝台から降りて支度をしている。すぐに済むようなら待とうかしら。

「お待たせ、リア。行こうか」

ビシッと騎士団長らしく正装した姿を見ると、どきりとする。

エスコートのために腕を差し出され、その腕を持つ。……昨日まで手は添えるだけだったけれど。

「おはよう、アストリア」

「カロリーナお姉様、おはようございます」

お姉様に挨拶をしたけれど、あまり浮かない表情だ。何かあったのだろうけれど、皆集まってきたので先に朝食をいただく事にした。

「実はね、光輝龍なんだけど」

朝食後のお茶の時、お姉様が神妙な顔つきで口を開いた。

「今朝方死んでいたらしいの」

「えっ」

その言葉は予想内ではあるけれど、討伐隊を組んで来た私としては複雑な心境だった。

「でも、見張りの者が帰ってこなくて……」

お姉様曰く、ザイフェルト侯爵家お抱えの魔法使いたちが光輝龍の見張りをしていたが、龍は今朝方息絶えたという。それを連絡にきた風属性の者以外はまだあの森に残っているらしいけれど、何度帰還指示の連絡を飛ばしても返事がないのだと。

私とヘルフリート様は顔を見合わせた。何かが起きているのだと容易に想像できる。

「こちらの討伐隊で様子を見に行きます」

「そうしていただけると助かるわ。お願いします」

私たちは騎士団員数名と、ブラントと一緒に光輝龍が眠る森へと向かった。

「『コルタール・ディフェンサ』」

森に入る前、私は全員に遮断と防御の魔法をかけた。

先日クリス様から洗脳されたので、新たに魔法を編み出したのだ。公爵家の蔵書がヒントになった。

とはいえ、災害龍の最期の攻撃に効くとは限らない。呪龍のように呪いを撒き散らされたら対抗できないだろう。それでもないよりましだ。

そうして準備して、奥へと進んでいく。静かな森の中は木漏れ日がさしているのにどこかひんやりとして、少しばかり寒気がしてふるりと震えた。

光輝龍はどの辺りにいるのだろうか。警戒しながら足を進めて行く。

「魔物はいないんですかね」

騎士の誰かが呟いた。

——おかしい。言われてみれば確かに、魔物はおろか動物もいない。静かな森ではない。静かすぎるのだ。どんな森にも野生の動物や魔物がいる。けれどこの森にはそれがいない。

背中を駆け上る嫌な予感に「引き返す！」と叫ぶと同時に辺りが光に包まれる。

（しまっ――）

「リア！」

ヘルフリート様の声が、やけに遠くに聞こえた。


――気付けば私は王城の一室にいて、目の前には外国語の教科書が開いていた。

（……あれ、私、何をしていたんだっけ……）

時計を見ると、午後休憩の前くらいのまどろみが強くなる時間帯だ。まるで白昼夢を見ているように現実味のない感覚に違和感を覚える。

「アス、勉強頑張ってる？」

現れたのは光の王子様。私の愛してやまない婚約者。

……婚約者？　そんなはずはない。私は既に結婚したけれど、相手はクリス様じゃないはずだ。

「アス？　どうしたの？　疲れちゃった？」

「……大丈夫……」

『大丈夫というのは、あまり良くない時に出てくる言葉だ。無理はしてほしくない。これからは頼ってほしい。……仮とはいえ、夫婦となったのだから』

ふと、聞き慣れた声がしたような気がして息を呑んだ。胸の奥がざわざわとする。

なぜだろう。クリス様との時間は幸せなはずで。けれど、今の私は望まないもので。

(今の私……？)

ガタンと立ち上がり部屋を出る。後ろでクリス様が叫んでいるけれど無視した。

「まあ、アストリア。はしたないわよ」

「ごきげんよう、王妃陛下」

「王妃陛下なんて他人行儀は止めてちょうだい？　私たちは家族になるのだから」

廊下で柔らかな笑みを浮かべる王妃陛下に出会った。

ふと、視線を横にやると、庭園にはクラウスに差し入れを持ってきたらしいフィオナ様の姿があった。二人は嬉しそうに、楽しそうに談笑する。

「それにしても、貴女のその髪、美しいわ。見事な白銀で、クリスも喜んでいたわよ」

『白銀の髪は神秘的な魅力がある』

(あ……)

ここは、違う。私のいるべき世界ではない。

私は王妃陛下に丁寧に辞去の挨拶をし、その場を後にした。

(とにかく、王城の東側に……)

「アス！　どうしたのさ？　こんなに急いでどこに行くの？」

走ってきたらしいクリス様が肩で息をする。そっとその手が頬に触れ――ぞわりと全身が粟立った。

（違う。これは私の望む人ではない）

やんわりと手を避けるとクリス様は戸惑ったような顔をした。

「申し訳ございません、殿下。急ぎ行かなくてはなりませんので」

「どこへ行くの？　ここに……、僕の隣にいればいいよ」

かつての優しさがこもる瞳。そこにあるのはただ、慈愛のみ。恋情はない。

『リア！』

遠くで声が聞こえて振り返る。私が求めていた人。その声を頼りに行く。

「アス！　待って、僕と一緒にいようよ！」

強く腕を引っ張られ——私はそれを払い除けた。

「殿下、ここは私の場所ではありません。私は、私が望む方のもとへ行きます」

きっぱりと告げ、再び走り出す。

『リア！』

空から手が伸びてきて、私は迷わずその手を掴んだ。力強くぐいっと引っ張り上げられる。

「——ッハ！」

目を見開いた瞬間、息を止めた。

「リア！」

「奥様！」

二人の男性の声がして、ひゅっと喉が鳴る。

「ヘルフリート……様、ブラント……」

辺りを見渡せばそこは森の中。視界に入った金色の物体に目を留める。

「光輝……龍……？」

「ああ。どうやら最期の一撃は精神攻撃だったようだ。まだ魔法の効果が残っている」

「誰だよ『慈愛の龍』とか言ったやつ。バッドトリップでしたよ」

ブラントが身体を擦りながら顔を顰《しか》めた。辺りに転がる魔法使いや騎士たちは未だ戻れていないらしく、恍惚の表情で夢を見ているようだった。

「優しい夢を見せて、現実に戻れなくする……」

幸せな夢に精神を引き摺り込み、そのまま夢の中に閉じ込める魔法なのだろう。

「とにかくここを離れよう。皆を運ぶぞ」

ヘルフリート様の指示で、夢から戻ってこられた人たちが動き出す。全員に腕力アップの魔法をかけると、目覚めていない人たちを数人担いで森を後にする。私は光輝龍を振り返った。

(私の幸せはもう、あの王城にはない)

改めて決意し、私はヘルフリート様たちの後を追った。


その後侯爵邸に戻って眠ってしまった人たちの治療をしたけれど、ある意味で呪いの類に入るのか、彼らに状態異常の解除魔法は効かなかった。自力で夢から脱出する他ないようだ。

このまま目覚めなければ、栄養が取れずに緩やかに衰弱していく。事態を把握したカロリーナお姉様は残っている者に指示を飛ばし、眠っている騎士や魔法使いたちの家族や友人たちを呼んだ。彼らに目覚めを促してもらうためだ。

私がヘルフリート様の呼びかけに応じたように、彼らにも声が届けばいい。

祈るようにその光景を見守った。幾人かは呼びかけに応じ意識を回復させたが、全員ではない。

二度と目覚める事はないかもしれないという不安が過る。

教皇は何のためにこんな龍を召喚したのか。

「……許せないな」

呪龍や爆炎龍の時もそうだった。怪我人が多数出たのだ。

「そう言えば、王太子妃殿下は爆炎龍の出現を先見されていましたよね」

「ん？　……ああ、そう言えば」

「あれってもしかして、教皇から召喚の話を聞いていただけだったのでしょうか？」

ヘルフリート様は考えるような顔つきになる。

彼女の行動はどこまでが教皇の指示だったのだろうか。爆炎龍の出現をヘルフリート様に忠告したというから、災害龍が教皇の仕業だとは知らないのかと思っていたが。

もし本当に先見の魔法が使えたなら、今の惨状を予言できていたのではないだろうか。

「まあ、先見できたからといって、回避するために何か行動をするようには見えなかったな」

結論付けられたそれに顔を顰《しか》める。

(王家に嫁いだ者としての責任感はないの？)

教皇の横暴で民が危険に晒されている。

国王陛下たちは魅了されて正常な判断がなかったのかもしれないけれど、彼女は何を思って教皇に協力していたのだろうか。それとも彼女も教皇の術中にはまっていたのだろうか。

「リア」

思考の渦に流されそうになった私をヘルフリート様が引き揚げる。

「今回の件は王家だけでなく教皇にも審判がくだされるだろう。聖女を使って国王たちを操り、国を乱した罪を問う。そして王家の者が粛清されるなら、嫁いだ聖女も同様だ」

その言葉に頷いた。私が王太子妃教育でまず習ったのが王族としての心構えだった。

国の頂点に立つ王家は他の二派から常に監視される。特に貴族派は公爵家を筆頭に王位を狙える立場にある。

王家は常に隙なくいなければならないのだ。少しでも油断すれば、今回のように足を掬われる。

クリス様と結婚するならば、彼女にもその覚悟を持っていてほしいと思っていた。

「王都が心配ですね。早めに帰りましょう」

「そうだな」

何だか胸騒ぎがした。ざわざわと落ち着かない焦燥感に駆られる。

他の部隊は無事だろうか。ローゼンハイム公爵様たち、ノエルたち、クラウスたちとカレンベルク公爵様たち。常に嫌な感じがまとわりついている気がしてぞわりとする。

「リア、どうした」

かすかに震えていた指に温かな感触。顔を上げると、ヘルフリート様が心配そうに私を見つめていた。私の手を取り、熱を分け与えるように包んでくれる。

「嫌な予感がするのです。何かを失ってしまうような予感。他の討伐隊は無事でしょうか……」

王都で待機している魔法師団からの連絡は未だない。連絡はまずカロリーナお姉様の所に来るのだ。けれどお姉様は何も言わない。

「大丈夫だ。彼らが簡単にやられるはずがない。だから信じるんだ」

それはここに来る前にもヘルフリート様から言われた言葉。今は彼らを信じるしかない。

「そうですね……」

一度大きく息を吸い、ゆっくり吐く。ざわざわする気持ちを少しでも落ち着けたかった。

「そういえば、光輝龍の精神攻撃、ヘルフリート様やブラントは戻りが早かったようですね。なぜですか？」

不安な気持ちを押し隠すように話題を変えた。ヘルフリート様に引っ張り上げて貰えたから私は現実に戻れた。あのままだとずっと彷徨《さまよ》っていたかもしれない。

「……内容があり得なかったからだな」

「そんなに？」

「……ああ。……まず、両親が生きていた。それだけでなく、リアが幼い頃からの婚約者としていた。必然的に俺は満たされて幸せで、……過去も呪いもなかった事になっていた」

力なく笑うヘルフリート様は悲しげな顔をした。

「よく戻ってこれましたね」

「完璧すぎたんだ。リアが俺を愛してくれて、うっかりな失敗もせず、悩む事もなく、ただ微笑んで側にいるのが嘘くさいと思った。俺はリアの欠点も魅力の一つだと思っている。普段はしっかりしてるのにちょっと抜けている所とか、危険を顧《かえり》みない所とか見てると支えなきゃ、となるからな」

「私はそんなに抜けていませんよ？」

「頼りになるサポーターだよ。だから、……光輝龍に囚われた事は気にするな。むしろリアが対策してくれたからしっかり『防御』できたんだよ。あれがなかったら違和感もなく、優しい世界に囚われたままだっただろう。だから、ありがとう」

ヘルフリート様は柔らかく微笑んだ。

――この人は本当に私がほしい言葉をくれる。

また精神攻撃に囚われてしまった事を本当は気にしていた。強くならなきゃと思いながらも、また失敗した、とちょっと気持ちが落ち込んでいたのだ。

ヘルフリート様は私を光だと言うけれど、私にとってはヘルフリート様が光だ。

「それに、過去は過去で大事なんだ。自分を形成するものだから。そこから学んで次に活かせばいいと思う。闇属性の特性を乗り越えた事はある意味で誇りだな。そのまま絶望していく者が多いらしい」

ヘルフリート様は振り返らない。強い人だと思う。

けれど、強くあるために諦めた事も沢山あるのだろう。

「これからも貴方を支えます。……夫婦、ですからね」

そう言って見上げると、ヘルフリート様は一瞬目を見開き、そして、照れたように笑った。


光輝龍は討伐する事なく死んだ。帰還の準備をしていたら、他の討伐隊からの報せが入った。

「流水龍、乾いた川にて討伐後、川が潤う」

「暴風龍、最期の竜巻に一名が呑まれるも無事救助、手当を受ける」

巻き込まれたのはノエルだろうなぁ、と聞いていると、最後の報告を告げようとしたカロリーナお姉様の表情が曇った。

「土石龍討伐完了。小さな山一つ分の土砂が流れ一名行方不明。その者の名はクラウス・ディールス」

その報告を聞いて、私は固まった。

クラウスは土石龍との戦闘で指揮を執り、見事倒した。土石龍の最期の攻撃は土砂崩れで、山一つ分の土砂がものすごい勢いで流れたようだ。

冒険者たちに被害はなかったが、カレンベルク私設騎士団の団員の一人が土砂に巻き込まれた。

クラウスは危険を顧《かえり》みずに位置変えの魔法で救助し、そのまま土砂に呑み込まれてしまったらしい。

「捜索のため、魔法師団長ウィルバートの派遣を望む。代わりに他の討伐隊は至急王都に戻って警戒にあたってほしいそうよ」

捜しにいかなきゃ。そう思うのに、足が震えて動かない。

「リア、大丈夫だ。クラウスはそんなにやわな男じゃない。彼の事はウィルバートに任せて俺たちはやるべき事をやろう」

「そう、ね……」

どうか無事でいてほしい。私は祈りながら王都へ向かった。


ザイフェルト侯爵領を出発して、馬車の中で王都からの連絡を受け取った。

「王都に大規模魔法陣が敷かれたそうだ。災害龍が最期に放つ攻撃の負のエネルギーを源としているらしい。俺たちはまんまとエネルギー供給に使われた訳だな」

ヘルフリート様が自嘲気味に笑った。それを聞いてドレスをぎゅっと握り締める。

(それでは私たちは何のために……)

「リア、クラウスの事は……」

「大丈夫です、彼を信じます。ただ、フィオナ様の事は心配ですが」

ようやく婚約を認められたのに、あんまりだ。

それでも今はただ、無事を祈るしかない。

そうしている間に、もう一通魔法で手紙が届く。鳥の形をしたそれは、手元に来ると手紙となってヒラヒラ舞った。ヘルフリート様が開けて中身を確かめる。

「……王族粛清裁判は一週間後、だそうだ」

「そうですか……」

「国王陛下、王妃陛下、王太子殿下が対象、……王太子妃殿下は離婚され、御子と共に教会へ戻られた……」

その言葉に私は耳を疑った。

「り、離婚されたのですか？」

「そうらしいな」

「どうして……っ！　私よりエミリア様を選ばれたのに！　一年にも満たないのに何をお考えなのでしょうか」

あんなに仲睦まじそうに微笑んでいた二人。

——いえ。私を嘲笑うかのように見せつけていた二人。私よりそちらが良いと選んだのに。

私との九年間より、たった二か月の彼女がいいと、選んだのに……

「殿下の考えはもう分からない。あれだけ妾を囲っているし、もう聖女に興味は失ったのではないか？」

「人をバカにしてるわ……」

今はもうクリス様に対して失望しかない。これ以上失望したくないのに。私を足蹴にしてまで手に入れた愛ならば、一生貫いてほしかった。

ふと、思い出して空間魔法を唱えて亜空間を開く。続けて検索し、目的のものを取り出した。

「それは？」

「いつか殿下から白銀の君宛てに届いた手紙ですわ」

すっかりその存在を忘れていたのだ。

もう一度空間魔法を使って亜空間の箱を作り、手紙を入れた後、火を点けて燃やした。

「燃やした……？　殿下からの手紙を？」

ヘルフリート様が目を瞬かせながら唖然とした。

「何だかムシャクシャしたので。……殿下からいただいたものは手元にこれしかなかったんです」

クリス様からいただいたものを詰めた箱は未だに実家にある。留守の間になくなっても困らないから置いてきた。

「……ぷふっ、はははははは」

ヘルフリート様は声を上げて笑いだした。何だか彼にもムシャクシャして、顔を顰《しか》めて頬を膨らませた。

「ふざけてますよ、あのお二人は。私を何だと思ってるんでしょう。もし会えたら攻撃アップの魔法をかけて殴ってやりますわ」

「なぐっ、ぶはっ、リア、ちょ」

ヘルフリート様がなぜこんなにも笑うのかが分からない。

「まあ、私は今はヘルフリート様と夫婦になりましたから、王太子妃の地位に未練なんかありません。聖女様もその座を賜わったのなら、責務を全うしていただきたかったですね」

そう言うと、彼は声を上げて笑うのを止めて穏やかに微笑む。彼のこの表情は、私が愛おしくてたまらないというのを前面に出しているようで、ペースが乱されてしまう。

「リアは責任感が強いな」

「将来国を背負う王太子の妃の教育を受けた者としては当然の心構えですわ」

「……もし、リアが何の問題もなく……」

そこまで言って、ヘルフリート様は言葉を止めた。

『何の問題もなく』

あの時、クリス様が討伐に行かなけ『れば』。私が、クリス様と聖女の間に割り入ってい『たら』。

それは、婚約が白紙になった後、幾度となく考えた事だ。

「ヘルフリート様、終わった後にたられればを考えてももう遅いのです。それに、貴方は平気なんですか？　そういえば他に好きな男性ができたらとか言ってましたよね。私が他に行っても良いのですか？」

「良くない。全く、全然。だが、俺はリアが幸せである事が一番だと思っている。これはずっと変わらない。たとえ、そばにいるのが俺でなくても、リアが、幸せを感じて笑えているならそれで良いんだ」

……ヘルフリート様は変わらない。ずっと、気付けば辛い時に支えてくれていた。

おまじないも、上着をかけてくれた事も、婚姻無効の書類を持ってきてくれた時も、守ると言ってくれた事も、小さな気遣いや温かさが嬉しかった。

辛い時も、それがじんわりと心にしみて私を支えてくれた。

「光輝龍に囚われた時、私は王城にいました。殿下の婚約者で、王妃陛下もいて、クラウスはフィオナ様と仲良しで。以前、幸せだった頃のものでしょう。……でも、今の私はその場所では幸せだと思えませんでした。貴方の隣が、私の幸せの在り処です」

婚姻して間もないけれど、濃密な時間を過ごした。沢山話せるのが嬉しい。

ヘルフリート様を見ると、顔が赤くなっていた。

「ありがとう」

低くて穏やかな声が、また、私の心に積み重なる。

今はまだ、貴方からの愛に及ばないけれど、いつか、貴方に伝えたい。もっと、大きくなったら。この好きという気持ちが、溢れそうになったら。その時は沢山愛を伝えよう。

第八章　歴史に選ばれなかったもの

王族粛清裁判までも、いろいろと対処すべき事が続いた。

王都での暴動は収まりつつあるけれど、その代わりに魔物の飛来が増えた。本来ならば王都には結界が張られ、魔物を弾いている。けれど王都に張り巡らされたという魔法陣のせいか結界は壊れ、聖女ブランシュ様が張り直しているそうだ。

また、この魔法陣には災害龍を倒した事でエネルギーが供給されてしまったはずだが、作動している様子はなく、気味が悪い。この規模だと、結界を壊すためだけに使用されたとは考えにくいのだが。

騎士団の皆さんは飛来した魔物の警戒にあたり、ヘルフリート様も騎士団長として対処している。かくいう私も公爵邸の付近だけでも、と魔物退治に出ている。勿論姿変えの魔法を使ってだ。

そんな慌ただしい日々が続く中で、いよいよ裁判の前日となった。

ヘルフリート様いわく、国王陛下や王妃陛下は王太子妃殿下が城を出られたせいか、魅了の魔法が解け、穏やかに退位の準備を進められたそうだ。

次の王についてなどはまだ先の話だけれど、誰が王に立ってもいいように引継ぎの資料作りをしたと仰っていたとか。

両陛下の監視のもと、クリス様は自室に軟禁状態で、こちらも執務の引継ぎはできているらしい。それまでの横暴な様子はなりを潜め、真面目に取り組んでいたというから驚きだ。

粛清裁判とは現王家の在り方について、相応しいか否かを問うもの。

相応しいならば更生期間を設け、監視人——今回ならば公爵家——と共に執務を行い、問題なければ監視が解かれる。

相応しくないならば然るべき刑に処せられる。この場合、一般の貴族よりも重い刑となる。

国の頂点に立つ者は、その立場に相応しい行動を求められる。

王族は悪く言えば国の従僕。第一に国に尽くし、国を支えなければならない。

このエーデルシュタインは西側に大国が控えている。内乱などの隙を見せてはすぐに足を掬われるだろう。……もしかしたら、間諜くらいは入り込んでいるかもしれない。

そんな訳で、国のトップである王族には通常より厳しい罰が与えられるのである。

ちなみにその罰とは処刑か、毒杯が与えられるかの二択だ。また、直系を途絶えさせるため、国王陛下のみならず、王妃陛下、そしてその子ら、配偶者は基本的に同じ処遇となる。但し、降嫁などで王籍から離脱していれば罪には問われない。

今回、王太子妃殿下は離脱しており、王子であるヴェルメリオ様も結局は妊娠時期を鑑みると王太子殿下の子ではないため、直系ではないとの見解らしい。それに二人とも教会にいるそうなので、現段階では罪には問えない。

教会は王族と並ぶ独立組織であり、いくら非常事態であっても貴族派は手出しができないのだ。新たな王が立つのを待つしかない。

以上が、王族粛清裁判までの流れだ。

長々と説明してきたけれど、なぜ私がこんな話をしているのかというと、少しでも頭をヘルフリート様以外の事でいっぱいにして置かなければ、心臓がもたないからである。

私は今、夫婦の寝室でヘルフリート様を待っている。

カロリーナお姉様の領地から王都の公爵邸に帰還して、ヘルフリート様から、夜、一緒に寝ないか、とお誘いを受けたのだ。

その夜から一緒に寝て、もう一週間は経とうとしているけれど、彼が来るまでの時間を毎日持て余している。部屋中をうろうろ歩き回ったり、謎に拳を突き出してみたり、屈伸してみたり……

ヘルフリート様の呪いは解けていないので、いわゆる夫婦のアレコレはできない。

ただ、手を繋いで少しの隙間を空けて寝るだけなのに、ヘルフリート様が緊張しているから私も釣られてしまうのだ。普通の夫婦はどうしているんだろう。

肝心な事をカロリーナお姉様に聞きそびれたと、私は頭を抱えた。

「リア、起きてる？」

「ひゃいっ！」

遠慮がちに扉を叩く音がして肩が跳ね、胸が高鳴っていく。ヘルフリート様が口から心臓を吐きそうと言っていたけれど、本当にそうなりそうで自分で自分を宥めた。

カチャリという音と共に、湯浴みを終えたヘルフリート様が入ってくる。雫が未だに髪に付き、一部は滴って色気がすごい。

「温風『ツァールト・ヴィント』」

ふわりと、ヘルフリート様の髪を優しい風が乾かしていく。

「いつもながら髪くらい乾かしてきてください」

「すまない。早くリアに会いたくて、つい」

優しく手を取り、口付けられた。それからベッドへと誘われる。

二人でベッドに腰かけると、ヘルフリート様から真剣な眼差しを向けられた。

「リア、明日は王族粛清裁判だ。リアの事だから行きたい気持ちはあるだろうが、裁判の場は基本的に陪審員となる貴族家当主以外は立入禁止となる。すまないが、事が終わるまで待っていてほしい」

　私は一度目を伏せ、それからしっかりとヘルフリート様を見据えた。

「分かりました。私はここでお待ちしています。陛下方の御姿を見届けられないのは残念ですが、代わりにヘルフリート様が見てくださるのでしょう？」

「ああ。俺は明日はクロイツァー公爵家当主、そして王宮騎士団長としても出向く。……教皇が静かすぎるのが不気味で、胸騒ぎがするんだ」

　王家転覆の首謀者である教皇は、何かをじっと待っているかのように動かない。実のところ、私も胸騒ぎがしている。先見の魔法は使えないけれど、勘は鋭いのだ。

「リア」

　ヘルフリート様が私の手を取り、指の背を自身の額に付ける。そして私に向き直ると、少し強張った表情で言葉を続けた。

「もし……。もしも、俺が死んでも蘇生魔法は使わないでくれ」

　その言葉にヒュッと喉が鳴った。

「死ぬなんて……」

「万が一の話だ。ちょっとやそっとじゃ死なない。だが、もしその万が一が起きても、俺を蘇生しないでくれ」

　ヘルフリート様の目は真剣で、冗談で言っているのではない。その可能性もあるから、こうして言葉にしているのだ。

「どうして……」

「蘇生魔法は術者の命と引き換えるものだ。たとえ生き返っても、リアがいないなら意味がない」

人の生命の理に背く魔法は、代償を伴う。他者を生き返らせる『蘇生』と、他者の生命を奪う『即死』は、使用者の生命を代償とするのだ。

『即死』は闇属性の者にしか使えないが、『蘇生』は相手への強い想いさえあれば、なぜかどの属性でも使える。代償を取られるとはいえ、『祝福』に近い魔法なのだろう。

けれど、もし、ヘルフリート様が亡くなってしまったら。

それを考え、私はゆっくりと頭を振る。堪えきれない雫が伝う。

「すまない。だがこればかりは分からない。クラウスの件もある。何もなくても、いつどんな時にその時が訪れるかは誰にも予想はできない。だから、今のうちに言っておく」

ヘルフリート様は一度言葉を切って、息を吸い込んだ。

「リア、俺は貴女を愛している。常に貴女の幸せを願っている。勿論共に老いて死ぬまでずっと側にいてほしい気持ちは変わらない。だが、いくら魔法が万能でも、理を覆してはならない。それに、貴女がいない世界で生きていける程、俺は強くない」

私の涙を拭い、優しく抱き締める。その温もりを受け止めたくて私も彼の背中に手を回した。

「わた、しも……。もし、私が死んでも、貴方も蘇生魔法は使わないで。もう、離れるのは、いやです……」

「それは……」

「いやです。聞きません。だめです。だから、貴方も、死なないで」

震える唇は、ヘルフリート様の熱に塞がれた。何度も角度を変え、押し付けるような口付けはやがて深くなる。生命をやり取りするように、熱を分け合うように、ヘルフリート様の舌と絡め合う。

息をするのも苦しくて、次第に瞳が潤んでいく。

息も絶え絶えになった頃、唇が離れる。名残惜しむように追いかけ、最後に軽く触れる口付けをした。

それから私たちはベッドに横になった。いつもと違うのは、抱き締め合っている事。

腕の中が温かくて切なくて、また、目尻がじわりと濡れた。私が眠るまで、ずっと背中が優しく撫でられた。

もしも、神様がいるとしたら。この人を守ってください。私の大切な人なのです。

私に普通に愛をくれる、唯一の人なのです。だからどうか、私から奪わないでください。

願うのは、二人の幸せだから。

◆　◆　◆

朝目覚めると、腕の中で愛する女性が寝息を立てていた。俺の中で今が一番幸せで、彼女と過ごす度それが更新されていく。

かつては手に入れる事は叶わないと諦めた女性。だが今は隣に居て、彼女が「好きだ」と紡ぐ度、俺の想いは強くなる。

呪いがなければ、と何度も思った。どうしたって役に立たないソレは、彼女を腕に抱いてもだんまりを決め込んでいる。

脳は焼ける程熱いのに、狂おしい程求めているのに、ただじっと、項垂《うなだ》れるばかり。鬱屈《うっくつ》すれば全て魔物にぶつけ、発散させる日々が続く。

俺の幸せはもうこの際いい。彼女は、彼女だけは幸せになってほしい。

だがこの先彼女が女性としての幸せを求めるならば、その時俺を選んでくれるなら、呪いを解く事は最重要項目だ。

呪いを解く方法は今の所見当たらないが、俺は絶望していない。全てが終われば騎士団を辞して解呪の方法を探す旅に出ようと思っている。アストリアも付いてきてくれるだろうか。

『お任せください！　私がサポートいたします』

彼女の明るい声が聞こえた気がして笑みが漏れた。これから先も二人でいられるなら、今はやるべき事をしなくてはならない。

寝起きのぼんやりとした思考から、目覚めのクリアな思考に切り替え、静かにアストリアの頭の下から腕を抜いた。

さらりと白銀の髪が頬に落ち、くすぐったかったのか「ん……」と身じろぐと、彼女は再びそのまま夢へと誘われていく。頬に落ちた髪をよけ、それに口付けてベッドから離れた。

今日は王族粛清裁判の日。王宮騎士団長として、クロイツァー公爵家当主として裁判を見守る。

（これで、血を分けた家族もいなくなる……か）

思えば血を分けた家族、育ての親。俺はどうも家族というものに縁が薄いらしい。

何の因果か、愛する女性と結婚できても、子を成せない呪いをかけられた。心の拠り所を、他人は当たり前に持つ幸せを与えられない。

本当ならば、リアと結婚できただけでも良しとせねばならないのだろうが、どうしても欲深くなってしまう。心だけでなく全てが欲しい。

とにかく国の混乱に収拾がつけば。未来を思うだけで何でもできそうな気がした。

馬車を降り、上を見上げると結界の外には魔物の群れが悠々と空を泳いでいる。聖女ブランシュ様が張った結界は今の所持ちこたえているが、かなりの負担だろう。すり抜けて侵入した魔物も多く、暴動は収まっても王都は混乱に満ちている。

アストリアもせめて公爵邸の周りだけはと結界をすり抜けてきた魔物を駆除しているそうだ。本当なら一掃したいだろうが、教皇が何を仕掛けてくるか分からないため未だ警戒中だ。

『裁判が終わればストレス発散します！』

どこまでも前向きな彼女を思い出し、口角が上がる。

「団長、幸せそうですね」

王城の廊下を歩いていると、伴をしていた部下に呆れたような声をかけられた。

真剣な表情をしないといけないのに、どうしてもアストリアを想うと表情が緩む。

「すまない、つい」

顔を引き締めながら返すと、前の方に国王陛下夫妻が並んで歩く姿が見えた。

裁判は大会議場で行われる。そちらへ案内されているようだった。二人とも簡素な白の衣装に身を包み、その覚悟を思わせた。

王妃陛下が振り返る。小さく唇が動いた気がした。礼をすると、こちらへやってくる。

「騎士団長殿、顔を上げて。そちらの方も」

落ち着いた声音だ。ゆっくりと頭を上げると王妃陛下は穏やかに微笑んだ。

「貴方がたには世話になりました。……どうかしら。白の衣装などあまり着る機会はないのだけれど。おかしくはないかしら」

少しばかり憂えたように目を伏せ、王妃陛下は眉を下げた。

「潔さと覚悟を感じるお姿です」

そう言うと、王妃陛下は安心したように目を細めた。

「ふふっ。……そう言えば言ってなかったわね。結婚、おめでとう。アストリアを幸せにしてあげてね」

「――っ、ありがとう、ございます。必ず、幸せにします」

「貴方なら、安心だわ。前クロイツァー公爵夫妻が立派にお育てになったのね」

「良かったわ」と、王妃陛下は呟いた。それは、まるで……

だが、それ以上の言葉はなく、「失礼するわね」と、国王陛下のもとへ戻り、二人で大会議場へと向かった。

「……団長と、何か似ていらっしゃいますね」

「そうかな。俺たちも行くぞ」


すり鉢状の大会議場には既に陪審員が集まっており、辺りはざわめいていた。中央の窪みには審問台があり、裁判時はそこにシュナーベル王家の三人が立つ。正面に議長席、その隣には書記台。審問台の後側には聖女ブランシュ様が着席し、目を伏せその時をじっと待っているようだった。

俺は部下の騎士たちの警備配置を念入りに確認し、クロイツァー公爵家当主の席に着いた。ちなみに不測の事態に備え、帯剣は許されている。

しばらくして、議長である侯爵が入場した。王家粛清裁判においては、次の王家たりうる公爵家からではなく、侯爵家から議長が選ばれるのが通例だった。

「静粛に。皆様、お集まりいただき感謝を申し上げます。これより王家粛清裁判を開始いたします。議長は私、アンゲラーが務めます」

そして、裁判は始まった。

「シュナーベル王家の三人をここへ」

議長の合図で両陛下が入場する。最後に王太子殿下。三名とも無表情で、目を伏せている。

「それでは罪状を読み上げる」

始まってから、いや、始まる前からなぜか胸騒ぎが消えない。

それは目が合ったローゼンハイム公爵も同じのようで、難しい顔をしている。気を落ち着けるために一度大きく息を吸い、長く吐いた。

「――以上、内容に間違いはあるか」

「「「ありません」」」

「では、三名の罪状に異論のある者はおるか」

議長の言葉に誰しもが口を噤む。異論なし、と言う事で、カンカンと音が鳴った。

「では法に則り、三名には名誉ある毒杯を……」

「……それではつまらないだろう？」

判決が述べられる時、その声は突如として響き渡った。

ぞわりと全身が粟立つ感覚。俺は最大級の警戒をし、立ち上がって剣の柄に手をかけた。

（どこだ……？）

声は確かに聞こえたはずなのに、姿が見えない。

「陛下！」

誰かの悲鳴が響き、国王陛下の方へ向き直った時には、声の主と思われる者の持つ剣が、国王陛下の心臓を貫いていた。辺りは騒然となり、陪審員たちが我先に逃げようと立ち上がる。

「皆を安全な場所へ誘導を！」

警備にあたっていた騎士たちに命じる。

「おとなしくしておいでかと思えば……。何をなさってるんですか、教皇ルーファス！」

名前を呼ぶと、その男は国王陛下から剣を抜き取った。血飛沫で彼の手が真紅に染まる。

「こいつらに名誉だと？　いらんだろう、そんなもの」

何が愉快なのか、教皇は笑みを浮かべたまま、再び陛下を貫いた。

「国王陛下！」

俺はまだ、王宮騎士団長だ。その剣は騎士になった時に国王に捧げている。国王に害を為したものを敵と定め、剣を抜いた。

「ほう、私とやり合うか。いいだろう、相手してやる」

「教皇、覚悟を！」

返り血を浴びた教皇はにやりと笑った。

これが、エーデルシュタイン王国の、長くて短い、短くて長い一日の始まりだった。

教皇の剣が国王陛下の身体からずるりと抜け、国王の身体が傾く。それを隣にいた王妃陛下が受け止めると、白い衣装が赤に染まっていった。

「ブランシュ様、陛下の治療を！」

ガキィン！　と、剣のぶつかり合う音が響く。俺は両手で持っているが、教皇の片手持ちの剣でいなされる。おそらく攻撃アップの魔法を使って筋力を上げているのだろう。

だが、ここで負ける訳にはいかない。両陛下は今日という日に覚悟をもって臨まれた。それをむざむざ殺される血で穢《けが》して良いはずがない。

突きの構えで攻めるが、教皇は笑いながら俺の剣を叩き落とす勢いで弾く。

「ぐっ……」

手がジワリと痺れる。だが剣を手放す訳にはいかない。騎士にとって剣を手放すのは生命を手放すと同義。

主を守るため、己を守るため、守るもののため、死するその時まで剣を手放す事はしない。

剣は生命そのもの。たとえ腕を怪我しようが、身体を切り刻まれようが、騎士であるならば、己の身体の一部のように扱うべきだろう。

「さすがは若くして騎士団長に就いただけあるな」

「お褒めいただき光栄です」

一度距離を取り、辺りを見回す。ブランシュ様が国王陛下の治療をしているが、陛下の顔色は悪い。王太子殿下は呆然と見守っているようだ。

「余所見をするとは余裕があるな」

「周りの状況を把握しないといけませんので」

隙を見て再び剣を振り上げる。……これも当たらない。この俊敏さ、やはり。

「……良いサポーターがいらっしゃるようで」

「私の妻だ。そなたのは今日は来ていないのか？」

「愛する女性は守りたい質なので」

「そうか。私も同じだ。妻を守りたい。だから玉座が必要だ。頂点に立てば誰も私の妻に手出しできなくなるだろう？」

「それで国王陛下を殺めるのですか？」

ブランシュ様は力なく項垂《うなだ》れ、王妃陛下は国王陛下を抱き締めたまま静かに肩を震わせていた。

……間に合わなかったようだ。

ローゼンハイム公爵始め、騎士の皆が王妃陛下と王太子殿下の誘導を始めた。

「あの男は私の妻を狙っていたんだ。許せるはずがない。妻は私の物だからな」

なるほど、教皇はブランシュ様によほど執着しているらしい。闇属性のなせるものなのか、はたまた家系によるものなのか。だが。

「愛する女性を物扱いはどうかと思いますがね」

「……なに？」

教皇の表情が抜け落ちる。気に障ったようだ。

「妻は所有物ではないでしょう？　その方にも意思がある。物ではない」

「ああ……。失礼。言い方が悪かったかな。彼女の意思は尊重しているつもりだよ」

うっすらと笑みを浮かべ、今度は教皇から仕掛けられた。すかさず剣で受け止めるが一撃が重い。

「つく……ぅ」

鍔迫り合いを演じ、力に負けとうとう左肩を剣が掠った。

「きみは中々筋が良い。私が王になった暁には再び騎士団長に推薦しよう」

「二君に仕えず。お断りします」

服を破り肩を縛る。回復魔法は使えないため、応急処置しかできない。

ついでに汗を吸った手袋も取り、素手で剣を握り直した。

「そうか、仕方ない。では今のうちに始末しておこう。禍根を残すと後々厄介そうだ」

ちゃきり、と剣を持ち直す音がする。国王陛下と俺の血で持ち手が濡れているはずなのにこの余裕。かなりの修羅場をくぐり抜けてきたのだろう。

強大な相手を目の前にして、俺は覚悟を決めた。最悪、刺し違えてもこの男はここで倒す。

「行くぞ」

声がしたと同時に重い剣の音が響く。ビリビリと剣を持つ手が痺れる。

(何とか間合いに入れるならば)

手袋を取った理由は、教皇にかけられた魔法を無効化するためだ。

一瞬でいい。隙が欲しい。そう思うが肩の傷の痛みが増す。

「なぜそんなにも一生懸命になる。あれたちは王族として相応しくないだろうに。裁判でもそう判断が下されたから死刑にしたのだろう？」

心底分からない、という風に首を傾げながらも攻めの手を緩めない教皇に、寒気が走る。

「自決と殺されるのとは違う。罪を認め、自ら毒を呷るからこそ名誉が守られるのだ」

その瞬間、身体が軽くなる。肩口の痛みが和らいでいく。

今まで防戦するしかなかった教皇からの重い攻撃が、いつの間にか軽くなる。

「……サポーターがいるのか？」

教皇が訝しげに呟き、攻撃の手が緩んだ。

（今だっ!!）

右手に持った剣で教皇の剣を払い、よろけた隙に左手で教皇に触れると、彼にかかっていたサポート魔法が無効化されていく。

「うおおおお！」

すぐさま教皇へ剣を振り下ろし、肩から胸にかけて切り裂いた。教皇は驚愕に目を見開いたが、一瞬で表情を変え剣を振り抜いた。

それは俺の頬を掠った程度で、血で滑ったのかその手から剣が抜けて飛んでいった。

「バカ、な……、なぜ……」

教皇の着ている服が血で染まる。

「教皇、降伏を。粛清裁判を穢《けが》した罪を、そして王族を害した罪を、国家を混乱に巻き込んだ罪を償って貰う」

教皇の目の前に剣を突き付ける。怒りに燃えた教皇は瞳孔の開いた目で俺を睨み付けた。

「ふざけるな！　何のために今までやってきたと思っている。全ては国のため、役立たずの王族を滅してやっただけだ。権力を持ち、己の良い様に国を操る愚か者たちを粛清したに過ぎぬ」

「貴方が何もしなければ、国はやがて栄える運命にあったでしょう。本来なら王太子殿下を支えるはずだった女性は、情け深く、人の気持ちに寄り添う方だ」

何もなければ、俺も血縁上の弟と愛する女性を支える駒の一つに過ぎなかっただろう。アストリアと想いを通わせる事ができたのは教皇が事を起こしたからでもある。

だが、それとこれとはまた別の話。教皇はあまりにも周りを犠牲にしすぎた。

「そんな事は関係ない。ブランシュ、剣を寄越せ」

飛ばされた剣は教皇の後方、退室していなかった聖女ブランシュ様の足元にあった。

彼女は静かに立ち上がり、その手に剣を握った。普通に持つには重かったのか、自身に攻撃アップの魔法をかけ、教皇のもとへとやってくる。

俺は再び剣を構えた。

俺からブランシュ様はよく見えるが、教皇からは彼女が見えていない。その背を預けているかのように無防備だった。だから、何が起きたか、直ぐには掴めなかったのだろう。

教皇の目が、見開かれた。その胸には先程まで自身が持っていた剣が刺さっている。背中から、胸に向けて。

「ブラン……シュ……？」

ゆっくりと、己の胸に目をやり、衝撃と戸惑いの滲む瞳が頼りなげに揺れ、——膝を突いた。

「盾の騎士殿」

ブランシュ様に声をかけられた。教皇の後ろから姿を現し、赤の瞳で俺を見据える。

「行きなさい。貴方の最愛の方が……、剣の乙女が城にいる気配がします」

その言葉に息を呑んだ。

「彼女を守って……」

ブランシュ様は力なく笑み、俺に回復魔法をかけた。怪我も体力も回復した俺は、剣を鞘に戻す。呆然と胸から流れ落ちる赤を見ている教皇の呆気ない幕切れを尻目に、俺は一礼して大会議場を後にした。

(リアが来ているだと？　なぜだ)

ブランシュ様の言葉を疑う訳ではないが、リアは公爵邸で俺の帰りを待っていると約束したはずだ。しかし、先程まるでリアにサポート魔法をかけられたかのように身体が軽くなったのも事実。

「ヘル！　無事か」

「師匠！　王族の皆様は……」

「国王陛下はお亡くなりになった。王妃陛下はご遺体の側に付いている。部屋は騎士に見張らせている。だが、王太子殿下の行方が分からん。影に身体が吸い込まれていった」

ドクリ、と心臓が一際音を立てて鳴った。

それは闇属性の転移魔法である『影移動』だと察した。物の影から影へと移動する魔法だ。教皇が突如現れたのもおそらくこの魔法だったのだろう。

(殿下はまだ闇属性が使えるのか)

「捜しに、行きます」

「大丈夫か？　無理はするなよ」

俺はローゼンハイム公爵の言葉を背に、無事でいてくれ、と願いながら走った。

◇　◇　◇

朝、目が覚めて隣に誰もいない事を何だか物足りなく感じた。温もりはとうに消え、ヘルフリート様は既に出発したのだと気付く。

「起きなくちゃ」

アイラを呼んで身支度を済ませ、朝食をいただきに食堂へ下りる。

「アストリア、おはよう」

「お父様、おはようございます」

お父様に挨拶をすると、その視線は窓の外へと注がれた。複数の魔物が空を飛んでいる。

（このまま、ただ見ているだけでいいのかしら……）

結界をすり抜け、公爵邸の周りに来た魔物は退治しているけれど、その数は日に日に増えている。

「お父様」

「……お前の言いたい事は分かる。好きにしなさい」

「ありがとうございます」

そうと決まればまずはお腹を満たさなくては。私は、ただ守られているだけはやっぱり嫌だ。

お城に行かなくても、できる事はある。

「ごちそうさまでした」

口を拭いて、私は立ち上がる。自室に戻ってアイラを呼び、準備をお願いした。

「承知いたしました！」

アイラは他の侍女に服装の指示を伝え、私の髪形を整える。白銀の髪を梳き、一つにまとめ上の方で結ぶとさらりと揺れた。

服装は動きやすいパンツスタイル。そう、私は再び『アリスト』となったのだ。

公爵邸から出ると、いつもの二人が待っていた。

「お、アリっちだ」

ノエルは気軽に言い、ブラントは一礼した。

「魔物、どうにかしたいんでしょ」

「ええ。このままここで黙って見てる訳にはいかない。空にいる魔物を何とかしたいの」

「アリっちならそう言うと思った」

本当ならここで大人しくしていた方がいいんだろう。でも、王都の現状を放っておけない。

「冒険者アリスト、行きます。あ、素材は回収してよ！」

「了解」

私たちは公爵邸を飛び出した。魔物はこの近くだけではなく、王都中にいるのだ。

それなのに安全な場所でただ彼の帰りを待っているだけなんて私にはできなかった。

地上の魔物を狩りながら、上空の魔物を落としていく。

魔物はなぜかノエルの周りに集中して落ちてくる。

偶然だ。決して以前、ノエルが私を侮っていたと言っていた事は関係ない。曖昧な謝罪をされた事なんて気にしていない。

魔物が偶々《たまたま》、ノエルの周りにびたんびたんと落ちてくるだけ。

ブラントは黙々と狩り、私の作った亜空間にぽいぽいと魔物の素材を詰め込んでいった。

周囲の魔物を退治し終えた後、上空を見上げる。結界の外にまだいくらかは残っているけど、結界が壊れそうな感じもない。

(王都が守られますように……)

私はブランシュ様の結界に重ねるようにして更に結界を張った。王都を守る結界は魔力がごっそりと持っていかれる。

「少し休憩しましょう」

「かしこまりました」

どこか休憩できる場所がないか、と一歩踏み出したその先に、光の道ができていた。

「なにこれ?」

引き返そうにも何かに阻まれて引き返せない。

「アリっちどしたん、てえっ、何なん? これ」

ノエルはハッとし、私に手を伸ばした。けれどその手は届かず、私は光の道に導かれるようにして真っ白な世界へと誘われた。

(こんな魔法、知らない……)

光の中を引き寄せられるように進んでいく。その意思はなくとも足が勝手に動く。

一際眩い光に照らされ目を閉じる。自ずと足が止まったので、ここが道の終わりのようだ。

薄らと目を開くと、どこか見覚えのある景色が広がっていた。

(ここは……)

薄暗い室内、所狭しと並ぶ本棚。重厚感のあるソファ。装飾の彫られた木のテーブルの上には、誰かの読みかけの本が置いてある。そう、ここは王立図書館だ。

(懐かしい)

王太子妃教育の帰りによく魔法の自習をしていた。ここには貴重な魔法書が沢山あるからだ。

少しばかり陽が差すソファに腰かけ、魔法書を読むのが好きだった。その時からあまり経っていないのに遠い過去のように感じてしまう。

なぜここに私がいるのかは分からない。先程の光の道は、私の知らない転移魔法なのかもしれないし、召喚魔法かもしれない。ただ、ここに喚ばれた。

今日は王族粛清裁判が行われているはず。

――私は呼ばれていないから、公爵邸に帰ろう。ヘルフリート様の帰りを待たなくては。

「転移魔法『ヴァンデルン』」

魔法を唱えるけれど、何も起きない。図書館内は貴重な魔法書が収められているので、特に火、水、風属性は使用が禁止されている事を思い出した。『ヴァンデルン』は風属性だから発動しなかったのだ。仕方なく図書館から出る事にした。

出入り口の扉を開けて一歩踏み出すと、また先程と同じ光の道が現れる。

（せめて何の魔法か調べたら良かった）

二度目ともなれば慣れたもので、私は自ら光の道を歩き出す。

すると周囲に映像のようなものが流れた。それは過ぎ去りし日々の光景。

まだ私が、――私たちが魔法学園に通っていた頃の記憶だった。


魔法学園に通っていた頃、私とクリス様の仲は良好だった。行き帰りは同じ馬車に乗り、授業も同じクラスで受けた。

正しい魔法の知識を身につける場として設けられた魔法学園は、小さな社交界でもあった。本格的な社交界デビューを前に、同年代の貴族たちが関係を築く場となっていたのだ。

クリス様の側近だったクラウスとフィオナ様が出会ったのも学園だ。クラウスに初めて紹介された時から互いを優しい目で見ていて、仲の良さが窺えた。

私とクリス様は成績で常にトップを争っていた。実技の際はペアを組み、互いの弱点を改善するように鍛錬した。

婚約者と言うよりは、同志。肩を並べて戦う仲間。甘い空気はなく、信頼関係で成り立つような。

けれど、お城で婚約者として会う時は優しい眼差しで見られ、穏やかな時を過ごしていた。

「僕は常々思うんだ。アスが婚約者で良かったたって。確かに僕たちの婚約は政略的なものだけど、僕はアスを愛しているよ」

「クリス様……。私も、です。私も、クリス様に出会えて嬉しいです。愛しています……」

「アス……。……ああ、早く結婚したいな。そしたらアスにいろいろできるのに」

「……？　いろいろ、とは？」

「いろいろ、はいろいろ！」

いろいろが分からなくて目を瞬かせる私とは対象的に、クリス様は赤くなって照れていた。

「一度したらタガが外れて、歯止めが利かなくなりそうだから」

そう言って、彼は口付け一つしてくれなかった。手に触れるだけの口付けが一番の触れ合い。

とても大事に、大事にしてくれていたのだろう。その気持ちが嬉しかったのは本当だった。

少し物足りないのは気のせいだ。女性から求めるものではない。そう、自分に言い聞かせて。

光の道は引き続き過去を見せる。それは位置替えの魔法をクラウスに教えた時の光景だった。

(あの魔法が龍の討伐で役に立ったのだろうけれど……)

彼の行方はまだ分からないまま。無事でいてほしい。光の道を更に進む。

「アス、どうだい？　これは」

「どちらかと言えばこちらかしら」

「……そうか。ありがとう」

いつからか、私が自分の意見を述べた時に一瞬だけ、クリス様は表情を曇らせるようになった。

クリス様と同じものを選んだ時は晴れやかな表情を見せるけれど。

次第に私は自分の意見を横に置き、クリス様の意に沿うような回答をするようになった。

(これでいいのかな……)

心の内にわだかまる小さなもの。見て見ぬふりをすれば大丈夫だから。

そうしてご機嫌を窺っていくうちに、クリス様の何気ない変化にも気付いた。

時折抱く、本当に小さな違和感。例えば赤と白があれば、必ず白を選ぶ。

たったそれだけの、ありふれた変化。無意識なのか、意図的なのか。

よくよく見ていないと分からないような小さな棘は、しかし確かに私の胸に刺さった。

いつかのクリス様の誕生式典に、市井で発見された聖女――エミリア様がお祝いにいらっしゃった。私がクリス様の隣にいるのに、クリス様は聖女様に釘付けだった。

呼びかければ応答するものの、後にその時に話した事は覚えていなかった。

(貴方は誰を見ているの?)

赤より白がいいの？　もしも私が白銀の髪だと知ったら、貴方は私を選んでくれる？

いいえ、私はそれでは嫌だった。赤とか白とか関係なく、貴方に選ばれたかった。

『赤でも白でもどちらでも好きだよ』

一度でもそう言われていたら、私はきっと貴方を最期まで愛したでしょう。

けれど、貴方が選んだのは白で、選ばれたのは私以外だった。

光の道が終わる。眩い程の光が走り、視界が開けた。今度出た先は謁見の間。

そこにいたのは、かつての私の婚約者。

クリス様は急に現れた私を見て驚いたように目を見張った。

「きみは……白銀の君？　どうしてここに……」

以前のような優しい声音と柔らかな笑み。前回見た時は黒と金のまだら髪だったけれど、今は輝くような金髪に戻っていた。

「殿下こそ、どうしてここに？」

「ああ、……人を捜していたんだ。ひと目だけでも会いたくて」

謁見の間の中央には魔法陣が敷かれていて、クリス様はその中心に立っていた。

「何を、なさったのです……？」

「喚んだんだ。この魔法陣は王都に張り巡らせた魔法陣に繋がっていてね。これに災害龍の負のエネルギーを流せばちょっとした魔法が王都に行き渡るんだ」

微かに光る魔法陣は、確かに使用された形跡がある。作動していないと思っていたのは間違いだったのか。

「教皇は洗脳魔法を王都中に広げるつもりだったみたいだけどね。一体分のエネルギーが足りないと言っていたな。倒されなかったか、封印されたか、もしくは……亜空間に追いやられたのか」

亜空間に追いやられた一体の災害龍……それには心当たりがあった。私が爆炎龍を亜空間で自爆させた事で、意図せず最悪の事態を防げたらしい。

「だから使われずに残った魔法陣を利用させてもらった。僕が喚んだのはアストリアなんだけど。……白銀の君が来たって事は、きみがアスだったんだね」

クリス様が仄暗く笑った。早く、ここから出なくては。

そう思うけれど、思った以上の重圧感に阻まれている。要するに隙がない。

きっとこれは避けられない運命なのだと、誰かに言われた気がした。

「転移魔法『ヴァンデルン』」

「無駄だよ。今日は王族粛清裁判の日。誰も逃亡できないように転移魔法は封じられている」

「私をここに連れてきたではありませんか」

「城の外からは来られるんだ。中であれば移動もできるが、城外には出られない」

図書館だから、という理由で使えない訳ではなかったのか。

「少々早いようですが御前を失礼いたしますわ」

「久しぶりに会ったのにつれないな」

クリス様は苦笑しながらゆっくりと近付いてくる。

じり、と私も後ずさった。そのついでに辺りを見回す。

出入り口は数か所ある。一番近いのは玉座の裏。但しここは国王陛下の私室へ繋がる道で、その先に逃げ場はない。

「つくづく惜しい事をしたな。まさかアスが白銀の君だったなんて。全く分からなかったよ」

「早々に気付いた方はいらっしゃいましたがね」

クリス様が一歩近付く度、一歩下がる。搦め捕られないように、手の届かない範囲へと逃れる。

「いや、誰も気付かないよ。どこからどう見てもきみは男性だよ」

「魔法の効果ですわ」

アリストになる時、身体の作りは若干手を加えている。私のささやかな胸を更にささやかなものにしたりするくらいだけど。

「誰が気付いたの」

「さあ、誰でしょう」

「ヘルだね。あいつは目ざとい。狡《ずる》くて卑怯な男だよ」

「私にはもったいないくらいの良き夫ですわ」

「いや、僕の物を盗んだんだ。重罪だから処刑しなければ」

「私は物ではありません」

「きみは！　僕の物だろう!!」

クリス様は声を荒げ、衝撃波を撃ってきた。咄嗟の事に反応できず、私の頬に一筋の傷ができた。

「ああ、ごめんね、アストリア。……ほら、僕は呪いで我慢が利かないんだ。これくらい大目に見てくれるね？」

「……最低」

回復魔法を使って頬の傷を癒す。私はクリス様を冷めた目で見た。

「ねえ、アストリア。僕はこの国を作り直さなくちゃいけないんだ。どうだい？　きみと二人なら素晴らしい国が作れると思うんだけど」

「お断りします」

一体何を言っているんだろうか。今更作り直そうにも国民はおろか、付いてくる貴族は誰もいないだろう。

唯一ヘルフリート様は最後まで見捨てなかったのに、クリス様はチャンスを自ら手放した。だから粛清裁判が行われたというのに。

「そうか。……アス、どうしてこうなったんだろうね。かつて僕たちは愛し合っていたはずなのに。きみが白銀の少女と知っていたら、手放しはしなかったよ。聖女に会いにも行かなかった」

「過ぎた事です」

「言ってくれたら良かったのに。僕はそんなに信用がなかった？」

「……白い髪だと知られたら教会に奪われる。王家の人間であっても同じです。それに元々私は赤茶色の髪でした」

「でも今は白銀だ。僕が、ずっと求めていた至高の輝きはきみが持っていた。知っていれば僕はきみを選んだのに」

「私は！　……どんな色でも私自身を見て欲しかった」

クリス様は私を胡乱げに見やる。それからクスクスと笑い出した。そして。

「白銀じゃないきみに価値なんてある？」

左目を半分閉じて、口の端を上げながら、残酷な言葉を口にした。

私は俯き、拳をギュッと握った。

「白銀でなくても良いと、言ってくれる方がいます」

「それは嘘だよ。白以外を選ぶなんてバカげてる」

「好みは人それぞれ。全てが白を好きな訳ないでしょう！」

「嫌いな人がいるなら見てみたいね」

「私は！　自分の色が嫌いでした……！」

力の限り私は叫んだ。それは、嘘偽りのない本心。

「この色になってからは、自由に外にも行けない。闇属性以外の全ての魔法が使えても、公の場では傷一つ回復できない。常に嘘を吐き、どちらが本当の私か分からない。婚約者は白に夢中、私は、赤茶色の私は……、白の前では見向きもされなかった！」

髪色なんて、変わらなくて良かった。変わらない方が良かった。

「けど、家族や伯爵家の使用人以外で、たった一人だけ、何色でもいいと言ってくれた人がいた。髪の色も気にせず、欠点すら愛してくれる。間違った時は教えてくれる。私を肯定してくれて、意思を確認する、そんな当たり前の事を当たり前にしてくれる」

普通に接してくれる事が嬉しかった。何色でも好きだと言ってくれる事が、私の救いになった。

「だから、白に執着してるだけの貴方はいらない。私は、貴方を選ばない！」

はっきりとクリス様に告げる。私はもう、ヘルフリート様以外を選べない。

やがて、クリス様は無表情で俯き、肩を震わせた。泣いているのではない。ただ、笑っていた。

「何がおかしいのですか」

「ふふふ……はは、っはははは……。くだらない、くだらないよ、アストリア。ヘルなんかよりやっぱり俺の方が愛しているよ」

言うなりクリス様は魔法を唱えた。彼が手をひと振りすると、無数の光の矢が天から降り注ぐ。

「盾魔法『デュール・シルト』！」

私は白い髪の者にしか使えない、無属性の盾で抵抗した。自分の周りに張り巡らせた盾が、光の矢を弾いて音もなく消えていった。

「これを防ぐんだ。エミリアより優秀だね。ますます欲しくなった。俺の手で跪かせたいな」

クリス様の髪に黒が交ざり、恍惚として私に手を伸ばす。

「うるさい！　僕とアスの邪魔をするな！」

かと思うと頭を抱え、まるで何かを振り払うように頭を横に振る。

「ああ、ごめんね、アス。呪龍の呪いを受けてからこうなってしまってね。驚いたかい？　でも慣れてくれ。悪い奴ではないんだ。彼は結婚式の時アスの席を一番前にしたけど、晴れ姿を見せたかっただけなんだよ」

それは苦しそうに、悲痛な面持ちで言う。どうやら、人格が乖離しているようだ。

「最低」

「ああ、アストリア。きみたちは愛し合っていたんだね。辛かっただろう。それなのに、今から殺し合うなんて、誰が想像しただろうか」

「……さあ」

金と、黒のまだらなクリス様。

「とても悲しいよ。どこからきみと俺の道は分かれたんだろうね？」

「或いは、最初から分かれるようになっていたのかもしれません」

また、金色に戻っていく。

「アス、僕達は未熟な人間だ。人間なら誰しも過ちを犯すだろう？　裏切ったのはたった一度だけだ。これから僕は良い国王になるよ。だから許してほしいなぁ」

口角は上がっているのに、目が笑っていない、金色のクリス様。

「信頼を裏切るのは一度で十分。良い国王になってもそれは貴方の責務を果たしているだけ。私の中の貴方への信頼が戻る事はありません」

「過ちを繰り返さない、アスを愛し続けると言っているのになぜ僕を見ようとしない！」

「割れた杯は元には戻らない。それに、愛とは慈しみ、互いに育むもの。貴方のそれは醜い執着にすぎません」

「この、わからずや！」

「わからずやはどちらですか！」

ドオン、と魔法がぶつかる音がする。

クリス様の放つ光の玉と、私の出した無属性の玉がぶつかり、――相殺された。

金色のクリス様は極上の笑みを浮かべた。

「愛しているよ、アストリア。僕はきみを狂おしい程愛している。なんなら、きみが物言わぬ死体でもいいよ」

だから、私も極上の笑みを返した。

「残念ながら殿下、あいにく私にとっての唯一の殿方は別におりますの。生きて、再会するのを楽しみにしてますわ」

ぴくりと、クリス様の眉が吊り上がる。

「そいつを愛しているのか」

「本人にもまだお伝えしていない事を、なぜ貴方に言わねばなりませんの」

早く帰ってヘルフリート様に真っ先に言いたい。だから、今ここで軽々しく口にする訳にはいかない。

「アス、思えば僕らは魔法学園にいた時、ずっと競い合っていたね」

「……そうですね」

クリス様は光の剣を私に突き付ける。

「だからどちらが死神に選ばれるか、試してみようじゃないか」

私も無属性の剣を作り出し、身構える。ここから先は、命のやり取りしかない。負けたら待つのは——死、のみ。

「さあ、はじめよう。愛しているよ、アス。だから、僕のために死んでくれ」

第九章　選ばれたのは、私以外でした

クリス様が光の剣を振り上げると、私は無属性の剣で受け止める。

クリス様が光の玉を繰り出せば、私は無属性の玉で相殺する。

「アス、強情な女は可愛くないよ」

「殿下から可愛いと言われなくても、唯一の方が言ってくださるから結構です」

私が無属性の剣で突けば、クリス様が光の剣で弾いてくる。私が無属性の矢を降らせば、クリス様は光の盾で防いでくる。

「殿下こそ諦めが悪いのでは？」

「王族が諦めたら、国がそこで終わってしまうだろう？」

――不思議。生死がかかっているのに、負けたら死んでしまうというのに、恐怖はなかった。

「学園ではこうしてああでもない、こうでもないってやってたね」

光の剣が私の頬を掠った。ちりりと痛みが走る。

「いつも競い合っていましたね。……思えば私たちは愛し合うより肩を並べて立つ方が似合っていたのかもしれませんね」

無属性の剣がクリス様の腕を掠り、服が裂けた。

「僕はアスが婚約者で良かったと思っているよ」

「聖女を選んだくせに」

無属性の剣がしなり、鞭のようにクリス様の肩を叩く。魔法剣は自在に形を変えられるのだ。耐久性は最悪だけど。何度も剣を作り出しては、消耗品のように使い捨てていく。

「よく言うよ。婚約白紙の話し合いの時に反対もせずただ淡々と受け入れたじゃないか」

クリス様が負傷した肩に手を当て、ぼうっと光らせると見る間に傷は癒えていく。

「目の前で睦み合いを見せられれば誰だって愛は冷めますわ」

私の言葉を聞いたクリス様は目を見開いた。

「僕が、きみに、そんな……っ、白銀の、君……、まさか……!?」

呆然とするクリス様を睨み付け、その隙を突いて剣を振るった。

「知っていました。聖女に傷を癒やして貰って、ずっと二人きりでいた事。湖での口付け。天幕の中で何をなさっていたのかも、全て」

無属性の剣と光の剣が交わる。魔法でできた偽物だけど、本物のようにぎりぎりと金属音が鳴った。

「貴方は私を裏切ったのです。魔物討伐には、最初から聖女様が目的で赴いたのでしょう？　それがただの浮気以外の何だというのです？」

「違う！　僕はきみのもとへ戻るつもりだった！」

「散々聖女を抱いておきながら戻ると？　その汚れた身で、私と結婚するつもりでしたの？　……冗談でしょう？」

「それ、は……」

クリス様の瞳がゆらゆらと揺れる。私はキィン！　と高い音を立てて光の剣を弾き飛ばした。

「私を裏切って手にしたものに価値はありましたか？」

「――っ」

クリス様は苦し紛れに弱々しい玉を繰り出し、——私はそれを握り潰した。

「なん、だよ、何だよ！　ああそうだ、僕は確かに聖女を抱いたよ。白かったからな！　結婚式のドレスも、花婿の色に染まるために白いんだろう⁉　僕の色に染めたかった！　白なら何にでもなれるからな！」

「さようですか」

肩で息をし、必死に言い募るクリス様に小さく溜息を吐いた。

「……けれど、何も、得られなかった。誰も、僕のもとに残らなかった」

ぽつりと漏れた声はとても弱々しくて、思わず名前を呼びそうになった。

名前を呼んでも、もうそれは同情でしかない。私がクリス様にできる事は何もないのだから。

「ねえ、どうしてヘルなの？　僕じゃだめなの？」

まるで懇願するかのように、クリス様は顔を上げて言った。

「僕とヘル、どう違うの？　ヘルにだって女性経験はあるだろう？　随分遊んでたって聞くよ。一緒じゃないいか。汚いんじゃないの？」

ピクリと私の手が反応する。確かにヘルフリート様は過去に経験があるけれど。

「私を裏切ったか、裏切っていないか。それは大きな違いですわ。それに、ヘルフリート様は当時お一人でした。私は殿下と婚約していた。当時の彼をいろいろと申し上げる立場にありません」

最初にこの話を聞いた時、私は割り切っていた。私には関係のない話だと。

けれど、彼を愛していると気付いた今、全く気にならないと言えば嘘になる。当時の女性たち皆に、この人は私の唯一だと言って回りたい気持ちもある。

誰にも奪われたくない。奪わせない。彼の隣に立つのは私以外認めない。自分の中に、そんな苛烈な感情があるなんて知らなかった。

彼の甘い顔も吐息も声も。たどたどしく触れる手も、熱い唇も、全て。誰にもあげたくない。

「彼とはもう夫婦となりました。病める時も、健やかなる時も、貧しい時も、富める時も。幸せな時も、不幸な時も、嬉しい時、悲しい時、一緒にいたいのはヘルフリート様です。貴方ではない」

ざんっ……と、クリス様の腕を私の剣が切り裂く。

すんでのところで躱《かわ》されたが、碧い瞳が見開かれ、戸惑いの色が浮かぶ。

「アス……、僕を、殺すの……?」

「いいえ、とどめは刺しません。ですが、貴方を処刑場へ連れて行きます」

正直、私の魔力は限界を迎えていた。王都の結界、クリス様との魔法対決で尽きかけている。

「ここまで、か……」

ぽつりと、クリス様が呟く。

「ねえ、アストリア。僕がお願いしたら一緒に死んでくれる?」

「お断りいたします。さあ、ご同行を願います」

「即答……。つれないなぁ……」

仄暗く響く声は、彼には似つかわしくなくて、強い違和感を覚える。

「捕縛魔法『レストリクシオン』」

「――っ⁉」

一瞬の隙をつかれた。光の縄が私を縛り、身動きを取れなくする。

解除しようとするけれど、そのまま投げ出され壁に叩きつけられた。

「……っ……」

全身に痛みが走る。更に魔力を奪われていく感覚までした。奪取の魔法を使われているようだ。

「捕縛魔法『レストリクシオン』！」

私も同じ魔法を唱えるけれど、クリス様はそれを相殺した。

「バッカだねぇ。小さな油断が大きな過ちに繋がるんだよ」

クスクス笑いながら、クリス様は不自然に口角を上げた。

「甘いよ、アス。そんなきみも嫌いではないけれどね」

「……くっ…」

もがくけれど、動けない。

「麻痺魔法『レームング』！」

「無駄だよ」

「雷撃魔法『トニトルス』！」

「効かないよ」

「くっ……！　『レストリクシオン』！」

「ありがとう、アス。おかげで魔力が溜まったよ」

クリス様は再び極上の笑みを浮かべた。

「愛しているよ、アス。けれど、もう、いいや、終わりにしよう。俺のものにならないのなら、死ね。『エウテュス・タナトス』」

「――っ!!」

彼が唱えたのは即死の魔法。その言葉で実体化した死神が私の目の前に現れる。

どうして、とか。ああ、ここで死んじゃうのかな、とか思った。

もう私に魔力は残っていない。身体も、あちこち痛んで動かない。

逃げなくちゃ。頭ではそう思っているけれど、縛られていて動けない。

クリス様が薄らと笑い、……くしゃりと顔が歪んだ。それでも私は反射の魔法を唱える。

「反射魔法『リフレクション』」

鏡が現れたけれど、死神はケタケタ笑いながらバリン……とそれを壊した。

即死の魔法には無効化、破壊、反射、どれも効かない。自身の命を懸けた魔法は呪いに近く、単なる魔法では歯が立たないのだ。

(最期にひと目、会いたかったな……)

思い出すのは柔らかな濃紺の髪の人。私が唯一泣ける場所を作ってくれた温かな人。

目の前に死神が迫りくる。何か魔法を、と手を伸ばした時。

「リア!」

誰かの声がしたかと思うと突き飛ばされた。慌てて身体を起こし、何が起きたのかを確認する。

捕縛の魔法の縄が消えていた。それだけではなく、奪取の魔法まで打ち消されている。

そんな事ができるのは……

「え……」

死神は私を突き飛ばした人に息を吹きかけ、霧散した。

――その人は音もなくその場に倒れる。

全ての音が、色が、世界から消えたような感覚が押し寄せた。

微動だにしない彼にゆっくりと近付く。足に力が入らず、立てる状態ではなかったから床を這って行く。ほんの少しの距離が遠い。

ようやくたどり着き、きつく閉じられた瞳、血の気のない顔が視界に入る。

胸の辺りに耳を当てても何の音も――聞こえない。唇に手を触れても吐息もない。ぴくりとも動かぬ手が、身体が彼の状況を物語る。

誰か、嘘だと言ってほしい。認めたくない現実が私を嘲笑う。

「ヘル……フリート、様……」

震える声で呼びかけても返事はなくて。

「い……いやああああああ！」

絶望が私を取り囲む。感情が爆発して、どこにそんなに残っていたのか魔力暴走を起こした。

呆然と立ちつくしていたクリス様の身体が吹き飛んだが、そんな事を気にしていられなかった。

だって、こんなのは嘘だ。認められない。何度も頭を振りながら、反応のない身体を揺する。

死神に選ばれたのは、私ではなく、ヘルフリート様だった。

ヘルフリート様が息をしていないと言う事を認めたくなくて、目の前の事実が信じられなくて、呆然とする。とても、空虚な時間が過ぎていく。

涙も出ない。突然潰された未来が、希望が、頭に浮かんでは消えていく。

無表情で私は立ち上がる。そこには何もない。

ただ凪いだ気持ちで「やらなきゃいけない事」を果たすべく身体を動かした。

ゆっくりと、もう一人無様に横たわる男に近付く。男はあちこちに傷を作り、血を流していた。

「立ちなさいよ。貴方を……処刑台に連れていくわ。クロイツァー公爵殺害で、極刑は免れない」

自分でも驚くくらい冷たい声が出た。男は視線を私に向け、瞳を揺らした。

「……無理だよ、もう、立てない……」

「回復魔法『ハイルング』！」

回復魔法を使っても、クリス様の怪我は治らない。光に包まれるけれど、それだけ。なぜ？

「アス」

「風属性回復魔法『クラシオン』！」

「アス」

「状態異常回復魔法『サナティオ』！」

「……アストリアは魔法の知識が豊富なんだね……」

「ふざけないで！　立ちなさいよ。貴方は罪人として処刑させる。だから……立って。ヘルフリート様を、返して……っ」

怒りをぶつけようと、男の身体に触れようとしたけれど、その直前で息を呑んだ。

「――っ!?」

「……理を無視した代償……か……」

足の爪先から、靴も服も一緒にボロボロと崩れていく。

即死の魔法を使用した者はその代償として自らの生命も奪われる。その肉体は――残らない。

「一度一線を越えるとね……、後はもう歯止めが利かなかった。誰かを手にかける事が悪い事だと理解しながら、理性というストッパーがないと、あっさり二度、三度、と……」

クリス様は力なくハハッと笑う。

「僕を、愛してくれた人たちに対してすら、躊躇《ためら》いがないなんて、僕は、もう……」

彼の目尻に雫が溜まる。けれど、そんな資格はないと分かっているのか、ぎゅっと目を瞑り大きく息を吐いた。

「ねぇ、ヘルは……優しかった?」

「勝手に過去形にしないで。彼はいつでも優しいわ」

「仲良かったの?」

あくまでも過去形にするクリス様に腹が立ちながら、それでも毅然として答えた。

「結婚したんだもの。当然よ」

「ははっ、そっか、アスと結婚してたら、仲良く、できてたんだ……。――っ、ゲホッ」

呟き込んだクリス様の肩に触れると、身体が砂のようにボロッと崩れた。

「――っ殿下……!!」

「大丈夫、分かっているんだ。もうすぐ僕は消える。だから、最期にきみと話がしたいんだ……」

やるせない気持ちで再び様々な属性の回復魔法を使うけれど、クリス様の身体は既にすねまでなくなっていた。

「アスは、本当にいろんな魔法が使えるんだね。……実は学園時代もコッソリ裏で使ってた？」

「……誰かが、時々無謀な戦い方をするから、支援魔法を使っていたわ」

「やっぱ、アスはすごいや。僕なんかより、努力家で、優秀で……」

学園時代、クリス様は弱者を助け、王太子という身分にもかかわらず自ら率先して魔物に対峙していたからよく怪我をしていた。実技でも無茶ばかりだったから、身が持たないと思った。

だから勉強して、支援系の魔法を沢山覚えたのだ。

「僕が強かったのは、きみがサポートしてくれていたからなんだね……。それに気付かず慢心して……、魔物討伐なんかに行って……。なに、やってんだろ……」

過ぎ去りし日々を悔やむように、クリス様は顔を歪めた。そして、私に向き直る。

「アス、僕はね、きみを愛してなんかいなかった」

ぴくりと、私の手が跳ねる。

「僕が好きなのは白銀の髪の少女だった。けれどいくら捜しても見つからなかったから妥協したんだ。赤茶のきみでいい、って」

「殿下」

なぜ今更そんな話をするの？

眉を顰《ひそ》めながらクリス様を見ると、右目は開いているのに左目は半目だった。

「だから、あの日、魔物討伐に白い髪の聖女が来るって聞いてきみを置いていった。妾にしようと思って。そしたらさ、良かったんだ。聖女の何もかもが。だからきみを捨てて聖女を選んだ。愛していた、僕なりに。髪が白いだけで愛せた。アスより、好きになった」

もう、目を開けている力がないせいかもしれない。

「でもさ、すぐに妊娠したからさ、じゃあアスを妾として迎えればいいやって」

「もういい、黙って！」

それが本心かどうかなんて、分からない。けれど、最期に話したい事がこれなの？

……言葉が見つからない。

「……アス、僕を憎んで。そのために僕はこれまでクズになってきたんだ。シュナーベル家は僕で終わらせる」

「貴方はっ！　勝手過ぎる！　ただの浮気者よ。私の事なんか思いやりもしない、最低な男よ。大嫌いだわ。一生許さない……！　貴方に裏切られてどれだけ辛かったか……。貴方は幸せそうに、笑ってるのに……」

止められずにボロボロと溢れる雫はクリス様の身体に吸い込まれ、――身体を崩してしまう。それを見て慌てて目元を乱暴に拭った。

「ああ、きみを捨ててから僕は幸せになった。きみがいなくなってせいせいしたよ」

「なら何で私と婚約したのよ！　最初から白い髪の聖女と婚約したら良かったじゃない！」

「ただの政略結婚だよ、きみの魔力が高いから選んだだけだ。愛情なんてない、僕はきみと結婚しても白い髪の聖女を妾にしただろう。だって僕は」

クリス様の左目が最後の力を出して開いていく。

「僕は、ずっと捜していたんだ。幼い頃に出会ったはずの、きみを。でも僕はアスを、赤茶色の髪のきみを好きになったんだ」

その瞳から一粒の雫が落ちて、――本人の涙すらも彼の身体を壊した。もう腰から下はない。

「アスさえいれば、それだけで良かったのに……。理性が失くなって、自分が越えちゃいけない一線をやすやすと越えていくのが怖かった。僕が、僕じゃなくなるのが、怖くて……」

おへそ、みぞおち、胸まで消え去って。

「アス、僕は謝らない。きみを傷付けた事。だから僕を憎んで。ずっと、僕を」

ついには首から上だけになって。

「――――」

最期の言葉を残して、クリス様の身体は全て崩れ去った。

「きらい。貴方なんか嫌い、大嫌い」

止めていたはずの雫がクリス様のいた場所にぽたりと落ちる。

「……それでも、こんな結果は望んでなかった」

ぶわりと感情が高ぶり、辺りに風が立つ。

クリス様はわざと自分が憎まれるように言葉を遺した。戦いの間も、ずっと左目が半分閉じていた。それは、クリス様が嘘を吐いている証拠だった。

彼の名を、歴史に悪逆王子として刻ませるためだ。同じ過ちを繰り返す者を作らないため。

少しの同情すら誘わないために、わざと――

『ずっと、僕を、忘れないで――』

懇願するようなその声が耳に残って離れない。

「ふ……ぅ、ぅあ……あぁ、ああああ」

好きだった。愛していた。たとえ一時でも、その気持ちは本物だった。婚約している時は彼だけだった。裏切られて傷付けられても、嫌いになれなかった。

でも今は、貴方が大嫌い。大嫌いだから、貴方の最期の言葉を私は守らない。

嫌いよ、世界で一番、大嫌い。私の唯一の人を死なせた貴方が大嫌いよ。

憎んで、そして忘れるわ。この先何があっても、貴方を思い出さない。

思い出を振り返ったりしない。今日を最後に、貴方のために、泣いてなんかやらない。

それが、私を裏切った、貴方への復讐《はなむけ》になるから。

跡形もなくクリス様が消え去って、私はヘルフリート様のもとに戻った。

横たわったままの彼の前に座り込む。こうして現実を目の前にしても、死んでいるなんて思えない。

「ヘル……ヘルフリート、様、起きてください……」

震える声で、呼びかける。けれど、返事はない。

全てが終わったら、二人で呪いを解く旅に出て。いずれは呪いを解いて、子どもが生まれて、賑やかになって。解けなくてもずっと二人で、もしくは養子を貰って育てて。

家族のいないヘルフリート様との、そんな未来を思い描いていたのに。

固く閉じられたまぶたは微動だにせず、ただ眠っているだけみたいなのに、触れた頬は冷たい。

「ねえ、起きて、起きてください、ヘルフリート様。もう終わったんですよ。ねえ、だから……」

頭では分かっているのに、認めたくなくて。

じわりと、双眸から涙が溢れてくる。ぽたぽたと、それは横たわったまま動かない彼の服に吸い込まれていく。

「『リヴァイ――』……っ」

咄嗟に唱えようとした呪文を、慌てて口を閉じて断念した。

それでも喉の奥につかえている言葉を吐き出したくて、何度も口を開けては閉じる。

けれども、私の中にある記憶がそれを許してくれなかった。

『リア、もし……。もしも、俺が死んでも蘇生魔法は使わないでくれ』

『死ぬなんて……』

『万が一の話だ。ちょっとやそっとじゃ死なない。だが、もしその万が一が起きても、俺を蘇生しないでくれ』

決戦前の会話を思い出す。

『いくら魔法が万能でも、理を覆してはならない。それに、貴女がいない世界で生きていける程、俺は強くない』

「私も同じです……。貴方がいない世界でなんて、生きていけないのに……」

冷たい頬を撫でる。私から溢れた雫が、ポタポタと彼の顔を濡らす。

彼との思い出が、走馬灯のようによみがえる。

『ならば、おまじないをかけてやろう』

「普通は、老化の魔法を逆再生なんてできないんですよ……」

『こちらへ』

「あの時、私は動けなかったから、連れ出してくれて感謝してるんです」

『……それでは貴方の幸せはどうなりますか』

「私の幸せは……っ、貴方と共にある事で……」

『……もし行くあてがないなら頼ってください。こう見えて私は公爵家当主だから力になれると思います』

本当に、力になってくれた。私だけではなく、家族を、使用人を、守りたい人を守ってくれた。

『貴女のその前向きなところにいつも救われます』

救われていたのは私の方だった。

『髪色が何色でも、きみはきみで、何も変わらないだろう？』

赤茶も、白銀も、一時しのぎの緑でさえ好きだと言ってくれた。

『自らを、誰かを守るために使う事もできる。攻撃を弾いたり防御もできる。己の使い方次第なんだよ』

自分を誰かを傷付けるしかできない剣のようだと言った時、貴方は剣の別の顔を教えてくれた。だから、守るために剣を使えた。

『俺も、リアが好きだ。ずっと、ずっと好きだった。リアだけが、俺の唯一なんだ』

決して押し付けない貴方の愛が、嬉しくて。

『口付けだけは、しなかったんだ。……だから、今が、初めて。……ヘタクソでごめん』

馬鹿正直で真っ直ぐな貴方の気持ちが愛おしくて。

『たとえ、そばにいるのが俺でなくても、リアが、幸せを感じて笑えているならそれで良いんだ』

「貴方がそばにいないと、幸せを感じる事はできません……」

『リア、俺は貴女を愛している。常に貴女の幸せを願っている。勿論共に老いて死ぬまでずっと側にいてほしい気持ちは変わらない』

「死なんて、もっと先の話だと思っていたのに……！」

思い出す全てが優しく、それでいて残酷だ。甘さと、氷のような冷たさを同時に与えるのだから。

二度と戻らない温かな時間。この先も本当に私は一人なの？

「回復魔法『ハイルング』」

柔らかな光がヘルフリート様を包む。

「上級回復魔法『コンソラトゥール』」

それでもやっぱり瞼は閉じたまま動かない。

『其は剣、運命の乙女。貴女の運命は貴女のもの』

その言葉——ブランシュ様の予言は、天啓のように私の脳裏を過ぎる。

『二人の想い通いし時、運命の女神は微笑むだろう』

半ば吸い寄せられるように、私はヘルフリート様に口付けた。

『王様はさいごに、王妃様に口付けました。すると、王妃様はゆっくりと目を開けたのです』

おとぎ話のラストのように、生命を吹き込むように。願いを込めて、祝福を。

唇を離し、——けれど、何の変化もなく。

おとぎ話はおとぎ話でしかないのだと乾いた笑みが漏れた、その時。

「——え……」

彼の指が動いた気がした。と思ったら、足の爪先も、微かに動く。

「……っ」

鼓動が速まる。ヘルフリート様の胸に顔を近付けると、なかった音が確かにする。じわじわと、彼の身体が光に包まれる。

その様を、ただ息を呑んで見ていた。蘇生魔法を使った訳ではない。

（祝福が……効いたの？）

願いを込めた口付けが、この奇跡を起こしているのだろうか？

濃紺の髪が、黒に戻っていく。唇や頬に赤みが差し、温もりが戻ってくる。

ぴくりと、瞼が動く。薄く、ゆっくりと開かれ、私と目が合うと見開かれた。

「……リア……？」

掠れた声が、名前を呼ぶ。驚きで止まっていた涙が再び溢れだす。

「……っリア、大丈夫か？　どこか怪我をしているのか？　ああ、すまない、咄嗟に突き飛ばしてしまったから」

先程まで息をしていなかったのに、がばりと身体を起こしオロオロしながら私を心配している彼に、思わず抱き着いた。

「愛しています」

ヘルフリート様が、息を呑む気配がする。

「貴方を、愛しています。もう、後悔はしたくない。だから、私は何度でも言います。ヘルフリート様を愛しています」

肌から伝わるその温もりを、二度と失いたくない。後から伝えようとして、もう手遅れ……なんて事にはなりたくない。

ヘルフリート様は一旦私を剥がし、揺れる瞳で見つめてくる。

「リア……、本当に……？」

その表情が愛おしくて、彼の手を取り口付ける。額に、頬に、唇にも。

「何度でも言います。私は、ヘルフリート様を愛しています。貴方は私の唯一の人です」

今度はヘルフリート様が私に口付ける。額に、頬に、唇に。

「ヘルフリート様が愛おしくてたまらないのです。どうか、疑わないで……」

「疑っている訳ではないんだ。ただ、嬉しくて、夢のようで……」

お返しに鼻の頭に口付ける。

「ヘルフリート様はどうなんですか？　私ばかりですか？」

「そんな事はない。……俺はアストリアを愛している。リア以外、愛する人はいない。リアだけが、俺の唯一なんだ」

それからまた、口付けの応酬が始まって。やがてそれは深いものに変わっていった。

どちらからともなく唇を離すと、もう一度触れ、ヘルフリート様をきつく抱き締めた。

「——っ、リア、ちょ、っと、すまない、離れて……」

「嫌です。離れません。ずっとこのままです」

「待って、一回離れて、お願い……」

情けない声を出す彼を不満に思いながら見やると、顔を真っ赤にしていた。

それが可愛らしくて、うずうずして、やっぱり抱き締める。そして何か、当たるモノに気付いた。

「ヘル……フリート様……」

「見ないで……」

顔を手で覆い、彼は項垂《うなだ》れた。こんな時に、何で、と耳まで真っ赤にしている彼が愛おしくて。

「白くない結婚、上等です！」

「リアっ！」

気まずそうな彼を見て、思わず。目尻に涙を溜めながら笑ってしまった。

けれど、やっぱりポロリとこぼれた。


ヘルフリート様と連れ立って騎士団の詰所に行くと、ローゼンハイム公爵に迎え入れられた。

「ヘル！　無事だったか」

「はい。一回死にましたが戻ってきました」

「そうか、一回死んだか。……って、えぇっ⁉」

一旦流した聞き流した事に改めて気付いて驚くローゼンハイム公爵に苦笑する。公爵はヘルフリート様の髪を見てあっ、と声を上げた。

「おま、髪、それ」

指摘されて、ヘルフリート様も苦笑する。彼の髪色は本来の黒に戻っていた。

ヘルフリート様のお義母様からの祝福により彼の髪色は濃紺に変わっていた。お義母様の蒼色を彼に混ぜたためだ。今回一度死に、生き返った時に髪色は本来の黒に戻った。

「そっかぁ。オーロラの祈りがヘルを救ったんだなぁ……」

「ええ。それと、妻の愛も、ですね」

オーロラ様とはヘルフリート様のお義母様だ。

急に妻の愛だなんて言われると、照れてしまう。顔からボンッと湯気が出た。

私はあの後、ヘルフリート様に事の顛末を話した。

クリス様が放った即死魔法で一度は死んでしまった事。即死魔法の代償で、クリス様は塵と成り果てた事。その後ヘルフリート様に口付けると息を吹き返した事、全て。

「よく口付けようと思ったな」

「古来よりお姫様は王子様の口付けにより目覚めるのですよ。なのでそれにならいました」

「そうか。ありがとう、……俺がお姫様？」

蕩けるような笑顔で手に口付けられると、むず痒いような、何とも言えない気持ちになる。

ただでさえ感極まった口付けの応酬をし、冷静になってからはいたたまれないと言うのに。

「ま、まあ、なんだ。良かった。んだよな？」

ローゼンハイム公爵は咳払いしながら目線を斜め上に向けた。

「独り身の俺に配慮してくれ……」

赤い頭をガシガシ掻きながらその場を離れていく。

私はその言葉が意外で、思わずヘルフリート様を見上げた。

「ん？　ああ、師匠……もとい、ローゼンハイム公爵は現在は独り身だよ。息子さんは一人いたかな。夫人とは騎士団長時代に……いろいろあったらしく」

「そうなんですね……」

それを聞くと、誰かと想いが通じ合い、愛し合える事がとても貴重でどれだけ尊いのかというのが分かってしまった。

愛する人から愛される。きっと奇跡のような確率のそれを、ずっと大事にしようと密かに誓った。

大した怪我人もなく、避難していた貴族たちは無事を確認した後その場で帰された。残った公爵家の三人と私と、議長を務めていたアンゲラー侯爵は、王妃陛下のもとへ向かった。

国王陛下は教皇に殺され、別室に王妃陛下と共に移されていたのだという。凪いだ表情の王妃陛下は、私たちの姿を見ると穏やかに微笑んだ。

「お待ちしておりました。ようやく、夫のもとへ行けるのですね」

静かな笑みを浮かべた陛下のその覚悟は、以前と変わっていないようだった。

「王妃……陛下、貴女方の旅路に、幸あらん事を……」

アンゲラー侯爵が悲痛な表情で奏上した。王妃陛下は侯爵を見て、微かに目を見開き、一礼した。

「夫のそばでもいいかしら」

最期の望みを了承すると、王妃陛下は国王陛下の亡骸を横たえたベッドのそばで跪いた。ヘルフリート様が捧げた杯を躊躇《ためら》いなく受け取り、一気に飲み干す。杯を落とし、そのまま眠るように事切れた。手は、国王陛下の手を握り締めていた。

(王妃陛下、貴女によくしていただいた事は忘れません……)

私は頭を下げて冥福を祈る。ヘルフリート様も、頭を下げて拳をきつく握り締めていた。

その夜、湯浴みを終えて寝室へ行くと、ヘルフリート様は窓辺でぼんやりと景色を見ていた。

「ずっと、どんな方だろうと、思っていた」

彼からぽつりと漏れた言葉が、誰を指すのか。

帰宅前のローゼンハイム公爵との会話で察しがついていた。

『夫人。これからもあいつのそばにいてやってくれ』

その表情が何だか悲しそうで、私は勿論です、と頷いた。

『ヘルが養子という事は知っているよな？』

『ええ。クロイツァー公爵夫妻に赤子の時に引き取られたと』

『本当の親の事は？』

『それは聞いておりませんが……、まさか』

話の流れが分からない私ではない。そこまで言われて察する事ができない程、鈍くはない。

だから、彼が今、何を思うのか想像して。私は後ろから抱き締める。

すると、前に回した手に、彼の大きな手が重ねられた。

「とても、お優しい方たちでした」

「……そうか」

「教育を受けている時は厳しくて、プライベートではお優しく。尊敬するお方です」

言葉の代わりに、重ねられた手に力が入る。

「裁判の前に王妃陛下と少し話したんだ。アストリアを、幸せにしてくれ、と。俺なら安心だと」

ヘルフリート様は私に向き直った。その頬にそっと触れる。

「私は貴方がいれば幸せです。これからは私が貴方の家族です。辛い事も、嫌な事も、全部、一緒に考えます。だから、私を頼ってください。貴方の悲しみを、私にも背負わせてください」

ヘルフリート様は私の肩に額を乗せて、震える声で「ありがとう」と言った。

そんな彼を再びきつく抱き締める。

どうか、その悲しみが、やるせなさが少しでも癒やされますように、と。

「私の胸で良ければいつでもお貸ししますよ」

いつかのあの日にして貰った事を私も。ヘルフリート様は私の背中に腕を回した。

その夜、彼は私の胸に顔を埋めるようにして眠った。時折鼻をすする音や、深く息を吐いたり、吸い込む音が耳に入る。そんな彼の髪を撫でながら、祈るように私も目を閉じた。

第十章　王国のこれから

その後、両陛下の亡骸は歴代王家の墓に葬《ほうむ》られる事となった。

王太子殿下は亡骸がない事、生前の数々の所業から墓標に名は刻まれない。妾として迎えた女性たちの遺族から、弔う事を反対されたのだ。彼の名は歴史にも『シュナーベル王家を破滅に導いた王太子』として不名誉な形で刻まれた。

葬儀は一般的な貴族と同じ規模で行われた。それでも、会場となった大聖堂には王家に感謝を、と参列者が途絶えなかった。三日後、両陛下は埋葬された。

一つの王家の歴史が、終わった。


一夜明けた翌日から、公爵たちによる今後の話し合いが始まった。

まず王家がなくなったため、今後は誰が王に立つのか。騎士団や魔法師団、かつて王宮に仕えていた人たちを呼び戻せるのか。王家が滅びた事で政治の乱れを正せるのか。

その話し合いはしばらく続き、ヘルフリート様は騎士団の活動とも相まって帰宅が夜遅くなる事もしばしばだった。

そう。呪いが解けた彼とは寝室を同じくしているのに、未だに白い結婚のままで。

まあ、それは良い。彼も忙しいし、私も王都の魔物の残党狩りを手伝っているから。

そんな中、久しぶりにヘルフリート様とゆっくり話す機会ができた。

「今度の貴族派会議で、次の王に誰が立つかようやく決まる。まあ、俺は辞退するが。有力視されているのはローゼンハイム公爵だが……公爵家をどうしたものかなぁ」

ローゼンハイム公爵が王として立つならば、現ローゼンハイム公爵家がそのままローゼンハイム王家となる。これは慣習通り。ただ、今回はこのままだと問題がある。

本来ならシュナーベルの縁者が新たな公爵となるのだが、誰もが悪名高いシュナーベルの名を継ぐのを嫌がったのだ。このままでは王家の監視者を担う公爵家が減ってしまう。

仮にローゼンハイム王として立つ公爵が家名を変えて、ローゼンハイム公爵家を息子さんが継ぐという手もある。

しかし、息子さんが一人しかいない以上、公爵が再婚しない限りローゼンハイム王家（仮）は一代で終わる可能性が高く、根本的な解決にはならない。

「まあ、どうなるにせよ今度の会議で決まる」

「なるほど……」

と、ここまで話してからヘルフリート様は咳払いをした。

「ところで、リア」

「えっ？　何でしょうか？」

少し顔を赤らめながらもう一度咳払いをして、ヘルフリート様は私に近付いてきた。

そしてソファに座っている私の前に跪き、私の手を取る。その瞳は熱を帯びていて、私の胸を高鳴らせた。

「リア……。いや、アストリア。俺は貴女に出会えて、この上ない幸せを感じている。改めて、お礼を言わせてくれ」

それは思ってもみない言葉だった。

「ヘルフリート様……。私も、貴方と出会えて、こうして一緒にいられる事が何よりも幸せです」

その熱い瞳に見つめられ、いやが上にもどきどきして声が震えてしまう。そうすると、私の手を持つ彼の手に力がこもった。

「リア、俺たちは貴女を王太子殿下から守るために結婚した」

「……ええ」

「その時俺はこの結婚は一時的な避難措置として捉えてほしいと言った。貴女に他に好きな男性ができて、その者が貴女を守れる者であれば婚姻は解消するとも」

どきりとした。確かに言っていた。けれど、もう他に好きな男性なんてできない。

「ヘルフリート様、私は貴方を愛しています。貴方以外はいらないのです」

彼の目が細められ、その表情からは喜びが読み取れる。

「ありがとう。……リア、だから改めて貴女に求婚させてほしい」

ますます私の胸が高鳴る。緊張で指先が冷たくて、少し震えた。

それを優しく包み込む彼の手が温かくて、じわりと目頭が熱くなる。

「アストリア。私は貴女を愛しています。貴女にこの先、生涯の愛を捧げる事を誓います。貴女と共にあれたら、私は幸せです。二人で幸せになりたいと思っています。だから、どうか、私と結婚してください」

包み込んだ私の手に口付けを落とすと、ヘルフリート様は私を見上げた。

「ヘルフリート様。私も、貴方と幸せになりたいです。私で良ければ喜んで。どうぞこれからもよろしくお願いいたします」

「貴女が良いんだ。貴女以外はいらない。ありがとう。愛している」

唇に触れるだけの口付けを落とされ、私もそれに応えた。

「落ち着いたら結婚式を挙げよう。そしたら、……俺と本当の夫婦になってくれ」

『本当の夫婦』。その意味を理解して、頬が熱くなる。つまり、実質的な初夜の事。

呪龍の呪いは生き返った時に解けていた。なのでいずれは、そういう、色っぽい関係になれたら、と思っていたけれど、いざ近付いてくると思うと、また緊張してごくりとつばを飲み込んだ。

「わ、私、は、初めてで、その、うまく、できないかもしれませんが」

「……うん、優しくする」

「私も、本当の、夫婦になりたいです……」

恥ずかしさで最後の方は消え入るような声になってしまった。

すると、私の身体はヘルフリート様の腕にすっぽりと包まれた。

「嬉しい。まだ先の事になるから、それまでは疑似婚約者のつもりで接するよ。本来ならば婚約者としても過ごしたかったんだ。けど口付けまでは許してほしい」

「だいたいどれくらい先を想定されているのですか？」

「そうだな。短くて約半年かな」

「半年⁉」

「ああ、ドレスを今から作るならそれくらいはかかるだろう？」

ドレスを作るなら、と当たり前のように言うヘルフリート様は実はロマンチストなのかもしれない。

「私の方が待てなくなったらどうしよう」

「……っ、リ、リア」

わざとらしく拗ねると、ヘルフリート様はぐうう、と唸った。

「式の時にお腹が大きくなっていたら大変だろう？　それに初めての夜は勢いじゃなくて、ちゃんとしたいから」

顔を赤らめて言う彼の優しさに思わず笑みがこぼれる。

「分かりました。大丈夫です。……ヘルフリート様も他に行ったりしないでくださいね？」

「行かないよ。リアとだけしかしない」

真剣な眼差しで手のひらに口付けられる。流し目で見られて誘われない女性はいないだろう。

何だか腹が立つ。

「……自分がこんなに嫉妬深いとは知りませんでした」

「俺としては大歓迎なんだがな」

「幻滅しませんか？」

「むしろご褒美だ」

「誰にもあげませんからね」

上目遣いにきっ、と睨むと、ヘルフリート様は顔を覆った。

「〜〜〜〜、既に陥落している……」

その言葉が嬉しくて、ヘルフリート様をぎゅっと抱き締めた。

そうして、改めて求婚を受けた私は幸せの余韻に浸った。

シュナーベル家の葬儀が終わってから一週間後、聖女ブランシュ様が教会の権力を放棄する事を発表した。粛清裁判の後、教皇の遺体が貧民街の一画で発見され、教皇の妻だったブランシュ様が教会のトップを務めていたのだ。

「これまで教会はその権力を盾に好き勝手に振る舞ってきました。現状が本来のあるべき姿とはかけ離れた場所にあるのは嘆かわしい事です。私は教皇派の権力を放棄し、以後教会は慎ましやかな運営をして参ります」

三派の一つが権力を放棄した事に、王国中は騒然となった。

ちなみに教会の発表の中には、今後白い髪の女の子が生まれても強制的に保護は行わないともあった。ブランシュ様も家族から引き離されて育った一人だから、これは悲願だったのかもしれない。次にお会いする時には伯母様と呼んでもいいかしら。

けれど一番びっくりしたのはエミリア様の出産した子が教皇の子だった事。これには思わず叫びそうになった。子どもが一緒に逃げた乳母にとてもよく懐いているから、今後は教会で一緒に育てるそうだ。

教会の発表があってから数日後。

次の王を決める貴族派会議で異例の事態が起きた。なんと、三人の公爵全員が次代の王として立つ事を辞退したのだ。

ヘルフリート様――クロイツァー公爵は主に自らの出自を理由に。

「私にとってクロイツァーこそが名乗るべき姓。だが我が血は滅びた王家のもの。滅びた王家の直系が次代に立つ事は憚られる」

と、もっともらしい理由を述べたけれど、一番の理由は他にある。

今は落ち着いているが、闇属性の特性がいつ現れないとも限らず、国の頂点に立つには不向きだからだ。

公になった私の姿とヘルフリート様の姿を見て、白銀の髪を持つ妻と黒髪の彼はそれこそ神話の再来では、と期待されたけど、私も王妃向きではないな、と痛感したので謹んで辞退した。

カレンベルク公爵様の辞退は、苦渋の決断だったらしい。

王家として立つ条件の一つに「私設騎士団の保有」がある。その騎士団が王宮騎士団となるのだけれど、カレンベルク騎士団は事実上解散してしまったらしい。

「私は部下を見捨てました。ですが、ディールス侯爵令息様は諦めなかった。騎士として、団長として、仲間を見捨てる選択をした私は団長職にいる資格はない。私は未だ行方不明のディールス侯爵令息様を捜したい」

団長はそう言って退団し、辺境でクラウスを捜しているらしい。クラウスに助けられたという騎士もそれに付いて行った。更に団長を慕っていた騎士たちも続いて退団し、誰もいなくなってしまったのだそう。

もし騎士団が解散していなかったとしても、赤子の教皇様を捨てた件、カレンベルク公爵の人となりを考慮に入れると、王に立つには相応しくないと密かに囁かれてはいたのだが。

一番有力視されていたローゼンハイム公爵様は、家督を息子に譲り引退を宣言された。今後はブランシュ様とエミリア様を支えていくそうだ。

これには私も驚いた。聞けば裁判より前にブランシュ様はローゼンハイム公爵様にエミリア様の再教育をお願いしていたらしい。度重なる教皇様の裏切りに耐えかねていたブランシュ様は、刺し違えても教皇様を……、と覚悟していて、自分がいなくなった後の教会の事も頼んでいたそうだ。

けれど、公爵様は再教育はブランシュ様がした方がいいだろうと、最終的には二人の世話を引き受けた形になったらしい。ちなみにブランシュ様はいずれ教会から出る事にしたそう。ベーレント伯爵家で母と共に話せる日も近いかもしれない。

エミリア様は教皇の指示に従っていただけとはいえ、王家の滅亡に加担した。けれど高度な回復魔法を使えるため処刑も惜しまれ、結局生涯に渡り教会での奉仕活動に尽くす事を言い渡された。

今後は教会にて回復魔法を施すそうだ。

ただ、元王太子妃という王家側の立場であったが、一年もたずに離婚し、有事の際に逃げ出したように見えたのは民たちに良い印象ではないため、聖女活動は針のむしろ状態からのスタートになる。ここからの生活がどうなるかは彼女の頑張り次第だろう。

正直なところ、私の中で王太子殿下にも教皇様にも見捨てられたエミリア様を哀れむ気持ちはあれど、これ以上不幸になれ、とは思わない。

関わり合いにならないなら「どうぞご自由に」といったところだ。

もしヘルフリート様にすり寄ってくる事があるならもちろん容赦はしないが。

もう二度と誰かの大切な人を奪う事なく、慎ましく過ごしてほしい。

そんな訳で、公爵たちが揃って王として立つ事を辞退したのだ。

では次点の侯爵家なのだけれど。まず元王妃陛下のご実家の侯爵家も、前王家との関わりから辞退。次いでクラウスが行方不明のディールス侯爵家も辞退。

結局、元々中立だったアンゲラー侯爵――王家粛清裁判の際に議長となった方が立つ事になった。

ただ、アンゲラー侯爵も乗り気ではなく、それならばやる気がある者が立候補して投票で決めてはどうかとの話も出ているらしい。

それまでの仮としてアンゲラー侯爵が立ち、議会は一旦閉会した。


王都に蔓延《はびこ》っていた魔物も片付き、ようやく国の安寧が訪れたのは二か月後。

その間、私はフィオナ様の訪問を受けていた。彼女は応接室に案内するなり頭を下げた。

「フィオナ様、頭を上げて」

ゆっくりと頭を上げたフィオナ様は、固く唇を引き結んでいる。背筋を伸ばし、膝の上できつく拳を握り締めていた。

かつて、学園では挨拶の時くらいしかまともに話した事はなかった。意外に独占欲が強いクラウスが中々会わせてくれなかったのだ。

遠目に見ていたあの頃はもっとふわふわした、可憐な女性という印象を持っていたけれど、今はしっかりと現実を見据えた女性という雰囲気を感じた。

「今日は、お時間をいただきありがとうございます。折り入ってクロイツァー公爵夫人にお願いがあって参りました」

「クラウス様の事ね？」

クラウスは災害龍退治の際、土石龍の最期に巻き込まれ未だに行方不明だ。魔法師団長や冒険者たち、元カレンベルク騎士団長と騎士たちが総出で捜しているが見つからないらしい。

「夫人は白銀の乙女、魔法知識に長けていると聞いております。お願いします。どうかクラウス様の捜索に力をお貸しください」

フィオナ様は涙をこらえて頭を下げた。

「クラウス様はカレンベルク公爵家の騎士を助けて行方不明になりました。カレンベルク騎士団の方々もご尽力くださっていますが、見付からなくて」

手掛かりすら掴めない状況で、一縷の望みに縋りやってきたらしい。

私も彼の行方は気になっていた。全てが終われば捜しに行こうと思っていたし、断る理由はない。

「分かりました。準備してからすぐに向かいます」

「ありがとう……ございます!!」

フィオナ様は何度も何度もお礼を言って帰っていった。その後ろ姿を見送りながら、私は不思議な気分になっていた。

もし彼女の存在がなければ、今も私はクラウスと書類上は夫婦関係にあった可能性がある。

そうすると、私はヘルフリート様と夫婦になっていないし、もしかしたらあの日……王太子殿下の即死魔法で死んでいた可能性もある。

生きていても王太子殿下の妾となっていた可能性だってある。

たられればを考えたが、今はそんな場合ではなかった。時間は限られているからこそ、これからの未来のために有効に使わなくては。

クラウスには幼馴染みとして、私とヘルフリート様の結婚式に出席してもらいたい。そのためにも、そしてもちろんフィオナ様のためにも、絶対に見付けないと。

エピローグ　私の結婚式と未来への願い

リーンゴーン。

大聖堂の鐘が鳴る。白亜の建物の荘厳なたたずまいは、その歴史を物語っていた。

「ヘルフリート・クロイツァー、そなたは病める時も健やかなる時も、この者を愛し、敬い、生涯を共に歩むと誓うか？」

「誓います」

「アストリア・ベーレント、そなたは病める時も健やかなる時も、この者を愛し、敬い、生涯を共に歩むと誓うか？」

「誓います」

誓いの言葉を述べ終え、私はヘルフリート様に向き直った。

「では、誓いの口付けを」

立会人の方の声を合図に少し屈むと、ヘルフリート様は私のヴェールを上げた。

私は顔を上げ、少しの間彼と見つめ合う。ヘルフリート様が小さく「きれいだ」と口を動かした。

思わず微笑み返すと、彼の顔が近付いてくる。そしてゆっくりと、唇が重ねられた。

今日は私たちの結婚式。場所はあの大聖堂だった。ヘルフリート様は大聖堂でする事に難色を示していたけれど、どうせなら嫌な記憶を上書きしたかった私が希望した。

「これから大聖堂を見る時、過去の結婚を思い浮かべるより、ヘルフリート様との幸せな思い出が良いのです」

そう言うと彼はまんざらでもないようにコホンと咳払いをして「リアがそう言うなら」と納得してくれた。

誓いの口付けを名残惜しく終え、参列者の方を振り返る。

両親は涙を浮かべ、ヴァルクはにこにこの笑顔。カロリーナお姉様とジゼルも微笑んで祝福してくれていた。フィオナ様に支えられたクラウスも、笑みを浮かべている。彼は隣国で見付かったのだ。傷は深く、まだ本調子ではないが、フィオナ様がいれば大丈夫だろう。

端の方で立っているブランシュ様は穏やかな笑みを浮かべ、その隣のエミリア様は何とも言えない表情だ。不思議に思っていると、私の髪が風に靡《なび》いた。

(ああ、もしかしてこの髪の事かな)

今日の私は上から下まで全部白になっている。ドレスは言わずもがな、髪色も本来の白銀だ。教会が白髪の女性を囲う事はないと発表したため、私は姿変えの魔法を解いた。これからは、ありのままの自分でいられる。

ずっと嫌いだったこの色をやっと好きになれたのは、ヘルフリート様がどんな色でも好きだと言ってくれたから。

私はブランシュ様たちのように聖女活動をする事はない。ヘルフリート様の妻として、公爵夫人として社交界に出たり、自由に過ごして良いと彼から言われた。

だからこれからやりたい事を探していけたらと思う。

披露パーティーは公爵邸で行われ、それも無事に終わった。

アイラにいつもより念入りに磨き上げられると、いよいよ、と緊張が走る。

前結びの薄衣に身を包んで夫婦の寝室に入ったが、ヘルフリート様はまだ来ていないようだ。

窓から差し込む月明かりがベッドを照らし、神秘的な雰囲気に呑まれそうになる。心もとない思いでベッドに腰かけると、扉を叩く音がした。

「ひゃいっ！」

ガチャリという音と共に、湯浴みを終えたヘルフリート様が――やはり髪を濡らしたまま近付いてきた。

「温風『ツァールト・ヴィント』」

「いつもありがとう」

「緊張していましたけど、おかげさまでいつもと変わらないって思えました」

ふふ、と笑うと、ヘルフリート様に抱き寄せられた。

「今夜は、いつもとは、違う」

艶のある声で囁かれ、黒い瞳が私を射抜く。これからの行為を思うとぞくりとした。

「おいで」

言葉に従わせる魔力を乗せているのかな、という程私はその声に抗えず、寝台に横たえられた。

たどたどしく始まる口付けの音、衣擦れの音、速くなる鼓動の音。全てが耳に響いて身体が硬くなる。

「リア、聞こえる?」

そう言って抱き寄せられ、耳を当てられたのはヘルフリート様の胸……心臓の辺り。

「……っ」

私と変わらないくらい早鐘を打っている事に驚いた。

「余裕ぶっていても実際はこうだ。必死に震える手を抑えてる。俺も緊張してるんだ」

私は誰かと肌を合わせるのは初めてで、右も左も分からない。

ヘルフリート様は経験があるから余裕なのだと思っていた。でもよくよく見てみると、何度も唇を噛み締めたり瞬きをしたり、彼も緊張しているのが見てとれた。

(そうか、同じ、気持ちなんだ……)

そう思うと肩の力が抜けて、身体の強ばりが少しずつ解けていく。

「リア、今日最後までしてしまうともう戻れなくなるが、いいか?」

熱を帯びた瞳は、その奥に炎を宿しているようだった。

私は返事をする代わりに、彼の顔を引き寄せ口付ける。

「もう、戻りません。私が選んだのは、白くない結婚です。私は貴方とこれからも歩んでいきたいのです」

ヘルフリート様もお返しとばかりに啄《ついば》むように口付ける。

「リア、愛している。ずっと一緒にいてくれ」

「私も愛しています。ずっと一緒にいてくださいね」

「……そろそろ、敬語じゃなくて、普通に喋ってくれ。あと、俺の事は『ヘル』と」

少し口を尖らせて、彼は言った。そう言えばもう癖のように敬語のままだった。

「分かりました……、分かったわ。……ヘル」

名前を呼ぶと、ヘルは破顔して口付ける。次第にそれは深くなり、私に新たな感覚を教えてくれた。嬉しくて、切なくて、悲しくないのに涙が出て、愛おしくて、苦しくないけど息も絶え絶えに。

ずっと「好き」「愛してる」と言って、互いの名前を呼び合って。

きっと幸せとは、満たされるとはこんな感じなんだ……そう思いながら、ヘルの腕に包まれた。

翌朝起きたらヘルの腕の中で、彼の顔をついじっと見つめてしまった。

いつの間にか私には夜着が着せられ、昨夜の事は実は夢なんじゃないかと思ったけれどじんとした痛みとか、肌に散る赤い痕が夢ではない事を物語っていた。

それがまた嬉しくて、愛おしくて、ヘルにそっと口付ける。

唇を離そうとすると彼はいつの間に起きていたのか、シーツに縫い止められた。

「身体の調子はどうだ？　痛むか？」

「大丈夫。……夜着を着せてくれてありがとう」

「寒いといけないからな。……また脱がせるが」

「へっ？」

も、もしや、また、始まる……？　と思ううちにスルスルと夜着の裾を捲られ、再び始まるコトに抗えなくて、結局起き上がれたのは夕方になった頃だった。

その日は体がうまく動かせず、ぎくしゃくとした動きになってしまった。アイラはにこにこしながら仕度をしてくれたけど、気まずい。

「お食事はこちらに運びますね」

運ばれてきたのは何というか滋養のとれそうなものばかりで、い、いたたまれない……！

夜はまた磨き上げられ、あれよあれよといただかれ。昼も夜も感覚が分からなくなるくらい、何日もとことんまで愛し尽くされたのだった。

普通に生活ができるようになったのは結婚から一週間後だった。流石に仕事を、と書類と格闘している時に旅支度を整えたノエルがやってきた。

「よっ、そろそろお暇しようと思って挨拶にきた」

相変わらず軽い挨拶なのに、相変わらず所作はキレイだな、と思いつつ。

「お暇って、辞めるの？」

「うん。……本国から帰還命令が出たからね」

「本国……？」

聞き返すと、ノエルはぴしっと姿勢を正した。

「短い間でしたが、クロイツァー公爵家護衛として働かせていただき至福でございました」

胸に手を当て、一礼する。そうして頭を上げ、ノエルはニシシと笑った。

「帰還命令は絶対なの？」

「うん。なに、アスっち引き止めてくれるん？　でも、ごめんよ。俺は止まれないんだ」

「あ、いや、引き止めはしないけど」

「そこは嘘でもさぁ！」

こんなやり取りもこれで終わりかと思うと寂しい気もする。

ぶつぶつ言ってるノエルをじっと見ていると、扉を叩く音がした。

「リア、ただいま」

「ヘル、おかえりなさい」

ヘルは今、元王宮騎士団の人たちと共に街の警備に当たっている。

かつての主君であったシュナーベル王家に仕えていた「二君に仕えず」の方々をクロイツァー公爵家で雇い入れた。彼らは魔物退治や喧嘩の仲裁などをしているらしい。

ヘルと抱き合い、口付け合っていると。

「あの……俺の存在忘れてない？」

ノエルがボソッと言ったので慌てて離れた。二人で冷や汗をかきながら苦笑すると、ノエルは溜息を吐きながら「まあいいけどね」と呆れ顔だった。

「あ、で、ヘルっち、今お別れの挨拶してたとこ」

「そうなのか？　行くあてはあるのか？」

「ん、兄上がさ、もう大丈夫だから戻ってこいって。報告も聞きたいからって」

「兄上？」

ノエルは頬をぽりぽりと掻いて、ヘルに手袋を取ってもらい握手をした。

「——っ!?」

パキン、と音がしたと思ったら、ノエルの焦げ茶色の髪は灰色に変わった。それは、今まで見た事のない色だった。

「今まで黙っててごめんね。俺の本当の名前はカミル・エルノー。西の大国の第三王子だよ」

ノエルは一礼する。私とヘルは言葉を失い、慌てて頭を下げた。

「ああ、今までと変わらない態度でお願い。俺二人にそうされると辛い……」

捨てられた子犬のような顔をして見つめてくるノエルは困ったように笑う。

その後、ノエルは自分の半生を語った。

彼の母親は正妃の侍女で、国王に手込めにされ、ノエルを身篭った。けれど産後の肥立ちが悪く亡くなってしまったらしい。哀れに思った乳母に助けられたけれど、国王によく似た彼の顔が自分に対する裏切りの証だとして、正妃に奴隷の焼き印を押された。正妃の娘も母の味方で加担した。

それでも無事なのは異母兄である王太子が何度となく助けてくれたから。

幼い頃から女性は敵で、男性は味方という認識が植え付けられたため、パートナー選びも男性ばかりなのだという。

「なぜこの国に……？」

「奴隷印を押された俺に国籍はない。だけど王太子殿下——兄上が保護してくれて、その恩に報いるためにも俺は兄上の手足となる事を望んだんだ。うちの国の神殿の巫女がエーデルシュタインが荒れるって予言したから、王太子命令で俺が様子を見にきた」

西の大国から偵察が入っていたなんて気付かなかった。国防にも問題がありそうだわ。

「あ、でもアスっちに近付いたのは偶然。剣の乙女——国の転換に関わる者がディールス侯爵領の辺りに来るって大まかな予言は聞いてたけど、それがアスっちだってのは最初は分からなかった」

「つまり私たちはみすみす間者を引き入れていたという事ね」

「ごめんね。西に飛び火するくらいの混乱が起きるなら兄上に軍事介入を進言しようと思ってたけどね。でもアスっちは逃げなかった。この国の中でちゃんと解決したから『もう大丈夫だ』って兄上に手紙送ったよ」

つまりノエルから「逃げるか？」って聞かれた時に、逃げる選択肢を選んでいたら、荒れていたこの国に西の大国が乗り込んできた可能性もあったのか……

あの時は試されていたのか、と思うとしっくりきた。

「今後の方針もまとまりつつあるからもう引き揚げるよ。そのうち他にバレてヘルっちがいろいろ言われんのも嫌だしね」

知らなかったとはいえ、他国の間者を雇い入れていたのだ。ヘルが周りから非難されるかもしれない事をノエルは危惧していた。

「だから、いなくなるのは公爵家の護衛のノエルさん。今までありがとう。短い間だったけど楽しかったよ。アスっちのおかげで女性がちょっとだけ大丈夫になった。まあ、アスっち以外はまだ蕁《じん》麻疹《ましん》出るんだけどね。……ヘルっち睨まないで。大丈夫だから」

いつもの調子で言うと、ノエルは最後に深々と頭を下げ、転移魔法で去って行った。

「行っちゃったわね」

「……そうだな」

その夜、ヘルと私はベッドの上で夜着を着たまま横になっていた。

「ノエルの事、気づかなかったな。ヘルは気付いてた？」

「いや、……只者じゃないのは分かっていたが。間者だったとはな……」

あんな気軽に喋る自称「炎と嵐に巻かれた男」が間者だったなんて信じられない。

私がいなかったら大火傷で死んでただろうけど。

「いなくなると、ちょっとだけ寂しいわね」

「リア」

不意に抱き寄せられ、額に口付けられた。

「ちょっとだけよ？　ほら、いつもいた猫が来なくなったなぁって感覚」

それでもヘルの口付けは止まない。気のせいか、ちょっと拗ねてるような気がする。

私は苦笑してその口付けを受け入れた。


——夢を見た。それは、きっとそう遠くない未来の夢。

「お父様、お母様はどこ？」

「お母様は……冒険者ギルドだよ」

女の子が父親に母親の所在を聞いている。

「また？　お母様はいつもそうだわ。私より冒険をお選びになるのね」

「ははっ。お昼寝の間に少しだけの約束だったんだが、エスタが早起きだったたな」

黒髪の男性がぷりぷりする我が子を優しい眼差しで見つめた。両手を拡げて抱っこをせがまれ、難なく受け止めている。

「ただいま！　今日も楽しかったー……って、エスタ起きちゃったのね」

「お母様、おかえりなさい」

「ただいま。ヘルもありがとう」

「おかえり。後でエスタの話を聞いてやってな」

私は苦笑しながら娘の頭を撫でる。起きたらいなくて寂しかった、私と冒険とどっちが好きなの？　という問いには迷わず「エスタ」と答えた。

「あと、お腹に弟がいるんだから無理しないで」

そこで、ぱちりと目が覚めた。

(今のは……夢？)

窓の外を見るとまだ薄暗い。夢にしてはやけにリアルだった。

(娘に怒られるなんて……)

確かにまた冒険者として活動したい気持ちはあった。けれど、子どもを悲しませないようにしなければ、と心に決めた。

(……ヘルが父親になってたわ)

願望かもしれない。予知夢かもしれない。彼に家族ができた事が嬉しかった。

きっとそう、遠くない未来。

「愛しているわ」

隣で眠る唯一の人に口付け、抱き締めて再び眠りにつく。

これが予知夢でありますように。

……ちゃんと母親になれますように、と願いながら。

新 ＊ 感 ＊ 覚 ファンタジー！

Regina レジーナブックス

スパイな幼女の、
波乱万丈チートライフ!

転生赤ちゃんカティは諜報活動しています

～そして鬼畜な父に溺愛されているようです～

れもんぴーる

イラスト：椀田くろ

目が覚めると、赤ん坊に転生していたカティ。宰相のエドヴァルドに拾われることに。優しいパパが出来た⁉　と思ったのも束の間、彼は言葉を理解するカティにスパイのいろはを叩き込み始める。「この鬼畜！」と思いつつも、高速ハイハイで移動して、キュートな赤ちゃんとして愛されながら諜報活動。あれ、これって最高では――？愛され赤ちゃん、時々スパイなカティの大冒険、待望の書籍化！

詳しくは公式サイトにてご確認ください。

https://www.regina-books.com/

携帯サイトはこちらから！

この作品に対する皆様のご意見・ご感想をお待ちしております。

おハガキ・お手紙は以下の宛先にお送りください。

【宛先】

〒150-6008 東京都渋谷区恵比寿4-20-3 恵比寿ｶﾞｰﾃﾞﾝﾌﾟﾚｲｽﾀﾜｰ 8F
(株) アルファポリス　書籍感想係

メールフォームでのご意見・ご感想は右のＱＲコードから、
あるいは以下のワードで検索をかけてください。

アルファポリス　書籍の感想　検索

ご感想はこちらから

本書は、「アルファポリス」(https://www.alphapolis.co.jp/) に掲載されていたものを、
改稿、加筆のうえ、書籍化したものです。

選《えら》ばれたのは私《わたし》以《い》外《がい》でした～白《しろ》い結婚《けっこん》、上等《じょうとう》です！～
凛 蓮月（りん れんげつ）

2023年 12月 5日初版発行

編集－徳井文香・森 順子
編集長－倉持真理
発行者－梶本雄介
発行所－株式会社アルファポリス
〒150-6008 東京都渋谷区恵比寿4-20-3 恵比寿ｶﾞｰﾃﾞﾝﾌﾟﾚｲｽﾀﾜｰ8F
TEL 03-6277-1601（営業） 03-6277-1602（編集）
URL https://www.alphapolis.co.jp/
発売元－株式会社星雲社（共同出版社・流通責任出版社）
〒112-0005 東京都文京区水道1-3-30
TEL 03-3868-3275
装丁・本文イラスト－香村羽梛
装丁デザイン－AFTERGLOW
（レーベルフォーマットデザイン－ansyyqdesign）
印刷－中央精版印刷株式会社

価格はカバーに表示されてあります。

落丁乱丁の場合はアルファポリスまでご連絡ください。

送料は小社負担でお取り替えします。


ISBN978-4-434-32967-8 C0093